谁的孤独，穿越人海

孙达 著

北京日报出版社

目 录

Part 1 没有岁月可回头

01 消失在六月 002

02 香烟和棒棒糖 015

03 爱情的斧子 024

04 被错过的声音 038

05 你的名字 049

抓住幸福其实比
忍耐痛苦更需要勇气。
可惜有太多的人，
只是在错过之后才有
那么一点可怜的感悟。

Part 2 孤独的英雄梦想

01 老王的乌托邦 062

02 “并没有”乐队 077

03 王老吉的毕业季 096

04 乞丐的文学梦 111

05 “被”抑郁症的少年 117

有时候，
我们在梦境与现实之间游走，
常常分不清自己身
处梦境还是现实——
荒诞得像个梦，
残酷得像现实。

Part 3 记得要学会忘记

01 邮筒的秘密 134

02 最熟悉的陌生人 151

03 那些来不及的事 159

04 多希望你不曾遇到我 175

05 他爱她，她爱他 186

我们曾经很幼稚，
坚持着一些无所谓的坚持，
只是因为心中有爱。
心中有爱就是幸福的。
这种幸福是一种挑战。

Part 4 总有个人愿意等你

01 世界上最傻的表白 202

02 “没有用了”的爱情 217

03 喜欢，是一个人的事 230

04 一盏灯的情感独白 238

05 过不去的过去 245

不是每个相遇都会等到久别重逢。
大概是这些一个又一个擦身错过、
天各一方，
才让你成为现在的你。

后记：纵然记忆抹不去 252

Part 1

没有岁月可回头

抓住幸福
其实比忍耐痛苦
更需要勇气。
可惜有太多的人，
只是在错过之后
才有那么一点
可怜的感悟。

01 消失在六月

1
one

小文死了。

葬礼那天，沈骏第一次爬上那座砖塔。当他露头的一瞬间，他终于明白，小文死时为什么面带微笑。

三十多米高空的独特视角除了令人感到一点晕眩之外，更多的是惊叹。橘红色的夕阳仿佛触手可及；下面一望无际的麦田已经分不清麦穗和叶子，只见一片金黄随风起伏，如同金色海洋；远处路上三三两两的人们如同蚂蚁一般缓慢移动。

然而悲伤的沈骏面对人生中从未体验过的美景却没有丝毫喜悦，因为他的好朋友小文死了。按照村里的规矩，夭亡的人要在黄昏下葬，并且未成年的孩子们不被允许参加葬礼。沈骏只好远远地坐在高塔上，看着夕阳将砖塔的阴影静静地投射在村庄之上，无限悲伤地注视着给小文送葬的队伍缓缓穿过砖塔的阴影，向南走去。

2
two

六月少雨。漫长而不知疲倦的阳光笼罩着每一个角落。沈骏和他的几个朋友每天无所事事，穿行游荡在这阳光里，从明晃晃的午后走向一个又一个黄昏，直到整个村庄慢慢笼罩上一层淡淡的金黄。

沈骏已经不记得小文是什么时候加入他们的游荡队伍的了。一开始，在午后的荫凉里烧蚂蚱、在墙根用放大镜烤蚂蚁的，只有超哥、沈骏和大龙三个人。

村子里像小文这么大的男孩好像没有。据老人说，他出生那一年，属相不好，很多媳妇儿都避开那一年要孩子，可是小文爸妈却没有避开。他性格有点怪，不合群，不爱说话。比他大的孩子常常欺负他，叫他扫把星。有时候一堆孩子一起玩，小文就在不远处站着看，大家欢呼雀跃的时刻，他也会笑。其他孩子看他傻笑，越发觉得他奇怪，就更不带他玩了。慢慢的，小文就站得更远了，但他还是远远看着。

超哥和沈骏他们很少在路上或者胡同口玩，他们的乐趣就是在阳光下游荡，到处扫视，看到野狗就随手捡起一块石头练习投掷，看谁能打到野狗的脑袋；看到和自己一般大的女孩子，超哥会吹口哨，沈骏和大龙就站在一边笑，不知道是笑超哥“耍流氓”还是笑那个局促不安低头走过的姑娘。有时候他们晃荡着也会遇到孤身一人的小文，不过也仅仅是擦身而过而已，没人表示什么恶意，当然，更没有人表示什么好感。因为沈骏他们也觉得小文有点怪。

不知道从什么时候开始，小文开始远远地跟着超哥、沈骏和大龙。超哥他们捡起石头打野狗，小文也会趁那惊慌失措的野狗跑掉之前捡起一块石头，怯生生地扔过去。是沈骏最先发现了跟在身后不远处的小文。不过他也没说什么。

有一次，超哥、沈骏和大龙晃荡到村南的果园。看到篱笆那边诱人的红苹果，他们决定去偷几个尝尝鲜。可是果园临着大路，常有来来往往的人，难保不会有人多事。他们三个就决定，留一个人把风，另外两个去翻篱笆摘苹果。超哥让大龙把风。可是大龙说："我不，我也想去爬爬苹果树，你们老嫌我不会爬树，我得爬给你们看。"

超哥笑着推了他一把，说："废话，谁不知道苹果树好爬，那么矮那么多枝，瘸子也能爬上去。"

大龙说："不行，我得进去。就算被逮住咱们仨也得在一起。"

超哥转向沈骏，还没说话，沈骏就说："大龙都说啦，就算被逮住咱们仨也得在一起。哈哈，我也得进去。"

超哥在沈骏的屁股上踢了一脚，说："没人把风怎么行。"

沈骏跳着躲开，正好看见小文在不远处看着他们。他灵机一动，朝小文挥挥手，示意他过来。

小文愣了一下，有点不敢相信。当他看见超哥也在朝他挥手时，他受宠若惊，以最快的速度跑到了他们三个面前。

超哥对气喘吁吁的小文说：“你，在这守着，有人来了你就大声咳嗽，知道吗？”

小文用力点点头，说：“好。”

超哥和大龙依次小心翼翼地翻过晃晃悠悠的篱笆，等沈骏要翻，他发现篱笆上横着的一根木棍被他们俩踩断了，没了这根木棍，沈骏就翻不过去了。

正当沈骏努力寻找另一个发力点的时候，小文走到他身边，说：“骏哥，你踩我肩膀我把你送上去。”说着就蹲了下去，眼睛看着沈骏，看样子很希望沈骏能够接受自己的帮助。

沈骏看了他一眼，就抬起脚，放到小文的肩膀上。

超哥和大龙坐在苹果树上一人吃完两个苹果，沈骏已经在树下等着他俩下来了。超哥和大龙拍拍手抹了一下嘴从树上跳下来，准备原路返回。

他们仨走到篱笆跟前，惊讶地发现，用树枝扎成的篱笆出现了一个刚好容身而过的洞，小文正用自己的后背堵着这个洞。

小文听到脚步声，转身把头伸进洞里说：“快点出来，我还得把这个洞堵上。”

大龙笑着骂了一句："他妈的。"

小文听出了这句脏话包含的赞赏意味，也咧开嘴笑了起来。

沈骏三人依次穿过篱笆上的洞，小文又赶紧把拆下来的树枝一一插好。

超哥忽然说："忘了一件事。"

沈骏伸手从兜里掏出一个苹果，扔到超哥手上。

超哥拍拍小文的肩膀，把苹果递给他。

小文接过苹果，撩起背心擦了擦，两手各持一边，用力一掰，苹果脆生生地裂成两半，小文先把其中一半递到超哥手上，把剩下的一半又掰成两块，一块递给沈骏一块递给大龙，然后又把超哥手里的一半拿过来，掰成两块，超哥一块，自己一块。做完这一切，小文说："吃吧。"

大龙说："我已经吃了俩了，吃不下了。"

超哥说："再吃这么一块也撑不死你，吃了又怎么了。"说着，把小文递过来的四分之一个苹果放进嘴里，咯吱咯吱地大嚼起来。

沈骏嚼着苹果拍拍小文的肩膀，没说话。

小文看着他们三个吃得那么香甜，很开心地笑了起来。

从此以后，游荡在阳光里的少年变成了四个。

3
three

即便有了组织，小文依然话不多。每次他们四个在阳光里游荡，小文也总是走在最后面，静静地听着沈骏他们有一搭没一搭地说话。在路上遇到姑娘，超哥吹口哨，沈骏大龙放肆地笑，小文也会低下头不好意思地笑。有时候超哥发坏，和某个姑娘擦身而过时会推小文一把，让他撞到那姑娘身上。小文的脸就会涨得通红，赶紧跳开，害羞地笑着看那姑娘对着超哥啐一口。每次看到小文害羞的模样，超哥他们就会哈哈大笑。

沈骏有时觉得这样不好，就对超哥说："你别总欺负小文啊。"

"我这怎么是欺负他，是给他机会嘛。"

沈骏说："下次你推大龙，也给他个机会。"

小文在旁边感激地看着沈骏，又看看超哥，生怕他们为了自己吵起来。

超哥说："大龙那怂样，人家姑娘不得真跟我急啊。小文就不一样啦。"说完自己哈哈笑起来。

沈骏笑着对小文说："看见了吧，离这个流氓远点。咱们快走，哈哈。"

四个人嘻嘻哈哈地走远了。

4
four

一天，他们四个还像往常一样在路上闲荡着，六月的风吹在脸上，鼓荡着衣服，让人说不出的惬意。

四人正走着，迎面看见了阿眉。

阿眉是村里的漂亮姑娘，一双杏眼湿漉漉的，看谁都浅含笑意。村里的老人说，这双眼睛会把阿眉毁了。

沈骏他们这群半大小子当然不知道这是什么意思，但总是看到有不同的小伙子围绕在阿眉身边，所以他们看到阿眉也会放肆地起哄，阿眉也从来不生气，笑嘻嘻地看着这帮半大小子。

那天阿眉穿着一条很短的裙子，半袖衬衫的领口有意无意地比别人多解开一个扣子，盈盈一握的腰肢柔若无骨，走在风里如同杨柳摆荡。

超哥的目光紧紧咬住远远过来的阿眉，一动不动；沈骏假装看着前面，其实眼睛也在阿眉身上；大龙咧着嘴看着阿眉傻笑；小文知道大龙可能推他，故意躲在身后，低着头也偷偷看着阿眉。

阿眉湿漉漉的目光扫过这几个愣小子的傻样，低头一笑，又昂起头扭动着腰肢款款前行。

四个人的脑袋随着阿眉的身影转动，忽然一阵风吹来，阿眉的裙子被吹起，雪白的大腿如一道刺眼的光芒直入四个人的眼睛，超哥情不自禁地说了一句“我操……”，另外三个也傻在那里，半天都没有说话。

阿眉婀娜的背影渐渐远去，四个人慢慢回过神来，超哥踢了大龙一脚：“你个流氓，别看了。”

大龙不服气地说：“就你盯得紧，还好意思说我。”

超哥没理他，突然指着小文说：“哈哈……你们看他！”

小文的短裤支起了“帐篷”。

大龙嗷嗷叫起来，沈骏说：“叫什么叫，好像你没有过似的。”

小文脸红得像晚霞，不好意思地微微弯着腰扭过身去。

超哥说：“你们有没有做过特别舒服的梦？”

小文背对着大家，像鼓起很大勇气似的说：“做过。”

“哈哈，我也做过呀。”沈骏说。

大龙迷惑地看着大家：“你们说什么呢？”

超哥说：“小屁孩呢你还是，我们都是男人啦。”

大龙说：“我都会抽烟了，你们会吗？”

“这有什么，谁不会啊。”

大龙神神秘秘地从兜里摸出一盒皱巴巴的烟，在他们眼前晃了晃：“抽一颗？”

超哥一把夺过来，拿出一支叼在嘴里，刚要问大龙要打火机，又四下看看，说："这里不行，换个地方。"

小文说："我知道个地方，跟我来。"

当时太阳已经西沉，村西那座砖塔的影子已经慢慢转到村庄的上空，小文领着他们，朝着夕阳中的砖塔走去。

那座砖窑已经废弃许久，窑洞周围荒草萋萋，足有一人多高，窑身也多处坍圮，只有一座砖塔直插天空。

小文把大家领到这个世外桃源般的所在，说："这里没人知道，以前我经常自己来玩。"

超哥环顾四周，只看到一片荒草和几段残墙，他掏出一支烟，点上，假装熟练地吞云吐雾。

沈骏大龙不甘落后，也叼上烟。

沈骏递给小文一支，小文犹豫了一下，接过烟，故作老练要和沈骏对烟头。结果试了好几次都没点着，还差点把沈骏的烟给弄灭了。

大龙掏出打火机，给小文点上。小文不知深浅地大吸一口，结果呛得眼泪都要流出来了。

那边超哥已经坐在一段残墙上，面朝着夕阳，晃荡着双腿努力吐出一个完美的烟圈。

沈骏看着超哥坐在那里，一股股烟雾消散在橘红色的天空中，觉得很美，他就也坐过去，深沉地遥望着地平线上的夕阳，吐出一口又一口蓝色的烟雾。

忽然，大龙叫道："你们看！阿眉！和一个男的！"

超哥闻声立刻站到断墙上，顺着大龙指的方向看去，杂草一阵晃动，他只看到两个脑袋朝着杂草深处走去。

"他们干什么去了？"大龙说着，也站到断墙上。四个人伸长了脖子看了又看。

"妈的，看不见。"超哥四下打量着，想找一个更高一点的地方。

"这个塔可以上去。"小文说。

超哥抬头看了看："我的天！这么高！"

"没事，我爬过。"小文自告奋勇道。

"好。你上去看看，看清楚了下来给我们讲讲。"

"快点快点。"大龙催道。

"你小心点啊。"沈骏说。

小文看了他一眼："骏哥放心，我爬过好几回啦。"说完，他轻车熟路地沿着塔中央钢筋制成的梯子一级级爬了上去。

过了一会儿，他们看到塔顶出现了一个身影。大龙刚要喊，超哥制止了他："别惊动了草丛里的人，嘿嘿……"

又过了一会儿，还不见小文下来，他们似乎又看到草丛在晃动，于是在断墙上伸长脖子走来走去，希望自己能够亲眼看见。

就在他们看到草丛长时间晃动的时候，忽然"砰"一声，小文从三十多米高的塔顶坠落。

大龙吓得当时就从断墙上跌落下来，超哥愣在那里，沈骏不敢相信眼前的一切，他看到小文的脸上还挂着羞涩的微笑，脸红得如同即将落山的夕阳。令他感到难为情的是，小文的短裤又支起了帐篷。

沈骏似乎明白了他为什么跌落，但他仍不能相信眼前发生的事情，就连大龙哭喊着朝村里跑去的声音都仿佛从天边传来，时断时续。

超哥回过神来，颤抖着说："我们……去……找他……爸妈吧。"

5
five

接下来的几天，沈骏一直有点恍惚。他从来没有听到过像小文妈那样凄厉的哭喊，那声音一直在他耳边回荡。

当天晚上，沈骏没有吃饭，他躺在床上，耳边是大龙的哭喊和小文妈凄厉的声音，眼前一会儿是小文的笑容，一会儿是晃动的杂草，一会儿是如血的夕阳，一会儿是阿眉那湿漉漉的目光和那一瞬间洁白的大腿。

沈骏迷迷糊糊的，好像和小文一起爬到了塔顶，他也看到了杂草丛中的景象，小文坐在自己身边，呼吸像自己一样急促。他看到小文起伏的胸膛在夕阳下显得强壮无比……

第二天，沈骏发现自己被父母锁在了家里。他知道，小文会在傍晚下葬，而按照村里的规矩，他不能参加葬礼。

沈骏坐在门槛上，看着院子里的一切被白晃晃的阳光覆盖，看着那棵枣树的影子越来越短……

吃过午饭，沈骏还是没办法出门，他坐在门槛上，又看着枣树的影子越来越长，看着眼前的一切被覆盖上一层金黄。

小文要出殡了，哀伤的唢呐传来，沈骏坐不住了。他爬上墙边那棵枣树，然后跳到墙上，又从墙上跃下。

他很想去看小文最后一眼，可是又怕像大人们说的那样，小文会把自己的魂带走。夕阳下他不知不觉地走向了砖塔。

塔下的杂草被胡乱清理了一些，大致还是小文带他们来时的样子。

沈骏孤零零地坐在断墙上，远远地听着哀伤的唢呐越来越近。

他像小文一样，走到塔中央，慢慢地一级一级爬上去。

当他露头的一瞬间，三十多米高空的独特视野除了令人感到一点晕眩之外，更多的是惊叹。橘红色的夕阳仿佛触手可及；下面一望无际的麦田已经分不清麦穗和叶子，只见一片金黄随风起伏，如同金色海洋；远处路上三三两两的人们如同蚂蚁一般缓慢移动。

悲伤的沈骏面对这人生中从未体验过的美景却没有丝毫喜悦。他远远地坐在高塔上，看见夕阳将砖塔的阴影静静地投射在村庄之上，无限悲伤地注视着给小文送葬的队伍缓缓穿过砖塔的阴影，向南走去。

后来，明晃晃的太阳躲到了云层后面，连着下了好几天雨，待到雨过天晴，在阳光里游荡的只剩下沈骏一个人。

他偶尔碰见阿眉。

阿眉湿漉漉的目光依然浅含笑意，可是沈骏直勾勾的眼神里却充满仇恨。沈骏把小文的死算在阿眉头上，他经常偷偷跟着阿眉，看她什么时候再跟某个男性钻入杂草丛中，他好手持一块砖头，爬到塔顶，然后将砖头丢下，为小文报仇。

阿眉似乎并不知道自己和小文的死有什么关系，也许根本就没什么关系。

02　香烟和棒棒糖

十七中门口向西二十米，街角的报亭被改造成了一间杂货铺。从窗口看进去，在报纸、杂志、香烟、糖果、文具一干杂货之间有一张脸，这张脸镶嵌在一个坐在轮椅上失去左腿的身躯上，这具身躯的主人，年纪并不大，大家都唤作孙师傅。如果不经意地扫过售货窗口，你会以为那张脸是某个劣质杂志的封面——神情黯淡、一动不动。若仔细看，才会发现孙师傅的眼睛偶尔转动，看着街上的一切。

孙师傅的生意不好，街道办建议孙师傅卖些酒，因为旁边就是几家饭店。

这个建议被孙师傅坚决拒绝了。

他说："谢谢你们照顾我这个残疾人，反正我又没有房租压力，赚的钱够我生活就行啦。"

街道办的人很是不解，觉得这人想法真是奇怪，但也没有强作坚持。

孙师傅的杂货铺就一直没有卖酒。

孙师傅的生意不算红火，只有十七中放学的时候，窗口才会围上三三两两的学生，女生会翻翻时尚杂志，男生偶尔会买几包烟，当然这是不值得提倡的。也只有在这个时候，孙师傅的脸上才会有些神采，有一搭没一搭地和这些学生聊几句天。

售货窗口就像是电影银幕，街上的车辆行人一会儿入画，一会儿出画，都是远景没有对白，放学时才会有几个入画的“演员”的特写，还会有台词。

这个想法让孙师傅觉得很有意思。

这几天，孙师傅总是能看到一个“中景”——临放学时，有一个高大帅气的男孩子会把自行车停在路边，偶尔会点上一支烟，总是不停向学校大门里面张望。

“这孩子是外校的。”孙师傅想。

下课铃响，大批学生涌出校门。男孩子赶紧踩灭手中的烟，眼睛好像不够用了，在人流之中不停搜索。

“他在找人。”孙师傅又想。

正在这时，有两个人在孙师傅的“银幕”上越来越近，打断了他的思路。

“老板，来包点八中南海。”一个年轻人说。

“哎，你这儿都有什么酒？”一个中年人说。

孙师傅一边扭身去取中南海，一边说：“不好意思，我这儿不卖酒。”

然后把烟递给那个年轻人，收钱。

中年人嘟嘟囔囔地说：“酒都不卖还开什么小卖店。”

等他们两人离开，孙师傅看到那个男生还在向学校大门里面张望。

人流渐渐稀少，一个女生两手分别抓着肩膀上的书包肩带，低着头慢吞吞地从学校里面走出来。她走到站在马路牙子上的男生面前，抬头冲他一笑，然后又低下了头。

男生从马路牙子上跳下来，站到女生面前，两个人说了几句话。

这一切都被孙师傅看在眼里。只见那个男生转身推上车子，右腿跨上，左腿撑地，等女生坐上后座，蹬起车子朝孙师傅这个方向骑过来。

孙师傅看着两张年轻的面孔越来越清晰，最后在自己的窗口前面停下。

男生一只脚撑在马路牙子上，头探过来说：“老板，给我一只棒棒糖。”

女生一直盯着自己脚尖的视线转到男生脸上：“干什么？”

孙师傅问：“你要什么口味的？”

男声转过脸来，笑着问女生：“你要什么口味的？”

女生说：“随便。”

男生对孙师傅说：“随便。”

孙师傅拿了一只草莓味的努力伸直胳膊递过去：“女孩子喜欢草莓味的比较多。”

钱和棒棒糖在两人手中交换。男生撕开包装纸，拿出棒棒糖，递给女生：“给，不要不高兴啦。”

女生接过去，放在嘴里，说：“我还要一只巧克力味的。”说完笑了起来。

男生也笑了起来，对孙师傅说：“再要一只巧克力味的！”

然后孙师傅从窗口里面，看着女生坐在男生车子的后座，一只手搂着他的腰，另一只手捏着手中的棒棒糖，慢慢地出画，两人说话的声音也越来越远，偶尔有逐渐远去的笑声传来。

第二天快要放学的时候，孙师傅又看见那个男生在学校门口张望等待。

下课铃响的时候，他刚点上一支烟抽了一口。

人流涌出时，女生走在前面，一边和同学们笑着道别，一边走到男生面前。女生的同伴们都在看着那个男生偷笑。

男生一见女生出来，忙不迭地把手中刚抽了两口的烟掐灭。

女生还是看见了。

男生脸上的笑有一点局促。

孙师傅看见他们又朝自己走来。

这次说话的是女生："老板，我要一只棒棒糖，巧克力口味的。"

女生接过棒棒糖，撕开包装纸，伸手放到男生口中说："以后你再等着我的时候呢，就来买一只棒棒糖。不要抽烟，那对身体不好。自己的时候也要少抽。知道吗？"

男生一脸幸福地笑，忽然像想起来什么似的，对孙师傅说："老板，再来一只草莓味的。"

孙师傅递给他，他撕开包装纸，也把糖放到女生嘴里。

女生高兴地拍了一下男生的背，说："走吧。"

从此，孙师傅经常从窗口里面看到两人"主演"的"电影"。

有时男孩子等待时抽烟被女生发现了，女生会娇嗔着夺过男生手里的烟，然后拉着男生的手，到孙师傅这里要一只巧克力味的棒棒糖塞到男生嘴里。

有时候女孩子在学校里受了委屈，低着头盯着脚尖慢吞吞地走出来，男生会给她讲笑话，一边讲一边到孙师傅这儿买一只草莓味的棒棒糖，给女生含上。

有时候女孩子高高兴兴地从学校大门出来，轻巧地一跳，坐上男生的单车后座，男生会笑眯眯地蹬上车子，慢悠悠地向前骑去，女生坐在后面，和同学打着招呼，两人慢慢出了孙师傅的视野范围。

忽然有一天，孙师傅看见一个面色冷峻的中年男人，在快要放学的时候，站到了学校大门右侧。

过了一会儿，男生也蹬着车子吹着口哨过来了。

男生把车子停在学校大门左侧，抬手看了一眼时间，笑了一下，摸出一支烟，点上抽了起来。

孙师傅正在好奇那个面色冷峻的男人是干吗的，忽然看见他向男生走去。

孙师傅看见男人对男生说着什么，双手挥舞，动作激动。

孙师傅也看见男生脸上的笑容没有了，手中的烟头也啪嗒落地。

男生的面颊涨得通红，眼神有些恐惧，有些愤怒，有些伤心。

孙师傅又看见那个中年男人抬起手指着一个方向，似乎是叫男生走。

男生固执地低着头站在那里，一动不动。

中年男人又说了几句话，转身回到大门右侧自己的自行车旁边。男生还是低着头站在那里。

这时放学铃声响了。片刻，学生们从大门涌出。

中年男人逆人流而上，准确地找到那个女生，拉起她的手走到自己的车子旁边。

男生也看见了女生，他看见女生面容憔悴，脸上似乎还带着泪痕，他一直看着她，想要说话，可是又不知道说什么。

女孩子被那个中年男人牵着手，也扭头看着男生，过了一会儿，扭回头去，又盯着脚尖。

这时中年男人推好车子，叫女生上去。

男孩子一直看着女生，女生扭过头，看了男生一眼，慢慢地坐上车子。中年男人蹬着车子在放学的学生中间钻来钻去，不一会儿就消失在车水马龙之间。

男生一直保持着眺望的姿态，一动不动，对身边学生的指指点点也毫不理睬。

渐渐地，学校门前的人越来越少，天色也逐渐暗了下来。

路灯亮起的时候，孙师傅看到那个男生还站在那里，脚边多了一地烟头。

最后一个人从学校出来，学校门卫也把学校的电动门吱吱呀呀地启动，锁上。

孙师傅看到男生又向学校里面望了一眼，朝自己的窗口走来。

男生脸上没有了表情，眼神有些空洞，推着车子在窗口前站定，说：“我要一瓶酒。”

孙师傅说：“我这儿不卖酒。”

男生突然愤怒地说：“你们都跟我作对！不卖酒！不卖酒你开什么小卖店！”

孙师傅坐在那儿停了一会儿，拿起一只草莓味的棒棒糖，爱怜地说：“年轻人喝酒不好。”

男生抬眼，眼睛里一片黯淡，他忽然伸手接过棒棒糖，狠狠地甩在地上，说：“我要喝酒！”

孙师傅又拿出一包点八中南海，撕开包装，自己抽出一支，剩下的递给男生，说：“心情不好我陪你抽支烟吧。”

男生接过烟，也抽出一支，点上，把剩下的烟要还给孙师傅。

孙师傅说：“送给你了。不痛快就抽一支，比喝酒管用，比喝酒好。”

男生接过烟，扔进车筐里，猛抽了一口手里的烟，也没说话，蹬上车子走了。

孙师傅看着男生远去的背影，好像看着当年的自己。

八年前，孙师傅还是一个高中生，也曾经在学校门口这样等待一个女生。后来女生的父亲来学校接自己的女儿，把孙师傅臭骂一顿，后来每天接那个女生放学的就是她的父亲了。孙师傅一直不曾放弃，每次放学也都来，在第三次被女孩父亲教训之后，他去买了一瓶酒借酒浇愁，十七岁的少年被酒精烧得不省人事，当他晃晃悠悠地骑车回家时已经分辨不出红绿灯，一辆飞速行驶的轿车撞上了孙师傅，昏迷了将近一个礼拜，等他醒来，发现自己永远失去了左腿。

03 爱情的斧子

人才市场里人来人往，大多数人都是结伴而来，大厅里没有人高声说话，但是细细碎碎的交谈声汇成海浪一样的声音，灌入每个人的耳朵里。

付博一个人站在过道一旁，扯开领带，拿着一沓简历，犹豫着要不要再去试一试。

就在刚才，希望一度在向付博招手。

“其实您大可不必把自己的这段经历写到简历中。说起来，您的学历和专业，倒是非常符合我们的要求。”一家公司的招聘经理对付博说。

“不，我想还是诚实一点好。”付博很真诚地说。

招聘经理职业地点点头，没有什么表示。

付博想了想，说：“找工作大概跟谈恋爱一样，在最初的时候最好就能把自己真实的一面展现出来，双方都觉得合适，应该才会长久吧。”

“也有一些道理，”招聘经理挂着一脸职业的笑容说道，

“不过，如果我把这份您认为很真实的简历提交公司讨论的话，恐怕会耽误您的时间。”

付博点点头，起身离开。

“这些人看起来好烦。”付博忍不住在心里对自己说。现在，他依然站在过道一旁，散着领带，衬衣上两个扣子也被解开，像只从水里爬上岸边的鳄鱼一样，一动不动地看着眼前熙熙攘攘的人们。

“干脆，找一个不用跟人打交道的工作好了。”

打定主意，付博系上衬衣扣子，拉紧领带，把手里的简历卷成一个筒状，走进慢慢流动的人群里。

一个一个摊位扫过去，终于在过道尽头，展牌上的一行字像散发着光芒一样吸引了付博。

摊位前没有人，可见这个工作岗位并不是那么受人欢迎。不过付博仿佛志在必得，脚步轻快地走到摊位前，对着招聘经理伸出右手：“您好，我对您这里的管道巡管员岗位很感兴趣，不知能否胜任？”

招聘经理大概是第一次碰上直截了当地要应聘这个岗位的人，屁股从座位上轻轻抬起，半弯着腰揉揉眼睛，伸出右手与付博紧紧一握，说道：“您坐，我们可以聊聊。”

付博坐到招聘经理面前，招聘经理习惯性地等着桌子对面的人递上简历。

然而付博双手握着卷成筒状的简历，没有放到桌子上的意思。

几秒钟尴尬的沉默之后，招聘经理先开口说道："您对我们的管道巡管员这个职位感兴趣？"

付博点点头说："这项工作应该是在野外吧？"

"是的。不仅仅是野外。嗯，怎么说呢，是在荒无人烟的西部戈壁，生活条件很恶劣，几乎需要工作人员长期野外露营。最重要的是，可能除了补给队，大概三五个月都不会见到一个人。"

付博脸上浮现出一丝笑容，点着头说："我觉得还不错啊。"

"虽然这项工作报酬看起来还不错，"招聘经理上下打量着付博，疑惑地说道，"不过我看您也不像为了钱就什么事情都不顾的人吧。"

"这个，我只是想找一个不用跟人打交道的工作，至于钱，够生活就好。"

"真是个奇怪的想法。"招聘经理忍不住脱口而出。

"嗯，说起来大概是有那么一点奇怪。不过，您看看这些人……"付博扭头示意身旁来来往往的人们，"不觉得有那么一点点烦吗？"

招聘经理像看个怪人一样对付博说："这大概每个人都会

对身边的环境有不同的看法吧。不过我们还是说回正事，难得有人应征这个岗位，如果没有太大问题，欢迎您加入敝公司。”

“您的意思是……”

“您没有带简历过来吗？我需要对您先有一个大致的了解才好。”

付博迟疑了一下，把手里的简历展开，放到桌子上。

“我想我还是说几句，”付博好像鼓起勇气一般说道，“我是工科专业出身，管道维护应该能够很快上手。目前单身，长期在外也没有什么后顾之忧。只是……”

招聘经理一边看着简历，一边听着。

“只是您是刑满释放人员，对吗？”招聘经理说道。

“是的。”

招聘经理一脸惋惜地说道：“这大概是一个障碍。我看您的学历、专业包括很短的一段工作履历，都是没有问题的。”

“过去的事情已经过去了，您总得相信一个人改过自新的决心吧？”付博有一点着急。

招聘经理点点头说：“当然当然，我个人是非常希望能够帮助您……嗯，给您一个重新开始生活的机会。不过，公司有一些规定……”

付博等着招聘经理给出最后的判决，招聘经理一副十分为难的样子。

“寻衅滋事罪，判处拘役一年八个月。好像也不是十分严重的问题。”招聘经理显然是在寻找解决办法。

“要不这样吧，”招聘经理沉思了一下，说道，“您如果不介意，就把这段经历讲一讲。我看能不能向上面申请一下。毕竟您的学历、专业非常符合我们的要求。特别是您个人，对这个岗位有着很浓厚的兴趣。这太难得了。”

付博想了想，突然放松了身姿，换了一个更舒服的姿势坐在椅子上，对招聘经理说：“其实很简单，都是我自找的。”

两年前的这个时候，我的女朋友送给我一把锋利的斧子，斧头有十厘米长，四五厘米宽，钢质的斧柄裹着软橡胶，大概有三十五厘米长，是那种高级户外用品店里才会有的精致货色。

她知道我是个工科男，对这些精致的工具有着异于常人的爱好。

哦，对了，我们两个在大学时就在一起了。大三下车间实习，我曾经用废弃的钢锭做原材料，亲手给她做出来一个闪闪发光的心形摆件。毕业之后，我们同居，这个依然闪着金属光泽的心形摆件成为了我们的出租屋里第一个装饰物。后来我才发现我当时选用的材料并不是最好的不锈钢，这个摆件偶尔会生锈。不过这难不倒我，作为一个热爱动手的工科男，一点锈迹总能处理掉。给心除锈的时候我都是偷偷地独自一人，我的女朋友从来不知道。

嗯，好像有点扯远了。

当时，是我们在外面吃饭的时候，她把斧子送给我的。那时我很开心，对这个精致的玩意儿爱不释手。

从饭店里出来，我的女朋友就说要回父母那儿住两天。我没有多想，帮她在路边叫好出租车，还预付了车费。

我看着出租车的尾灯消失，把玩着手里精致的斧子，心情还有一点雀跃。两个人住在一起，难得有独自一人的时候。

等到了第四天，我渐渐感到不对劲。女朋友没有打过一个电话，没有发过一条短信。我打电话给她，起初总是无法接通。发短信也没有回音。

等终于打通了电话，我好像什么事情都没有发生一样。

“喂，终于肯接电话啦？送我一把斧子就消失，不怕我悲痛欲绝拿着斧子自杀啊？”我在电话里还在没心没肺地开着玩笑。

电话对面沉默了好久。

“付博，”女朋友终于开口，“这几天没有我，你是不是也觉得很开心？”

“没有啊。”我不由得紧张起来，按照以往的经验，女朋友称呼我的全名，就意味着有大事要发生。

“我以为你在你爸妈那儿有什么事，所以就没有打扰你。这不，后来我也给你打电话了吗？”

女朋友在电话里说：“我父母很好，谢谢你关心。也谢谢你这么多年对我的照顾和包容……”

我感到大事不妙，打断她说道：“你想说什么？我怎么感觉很不妙？”

“你让我把话说完，”女朋友显然是已经深思熟虑过了，“我们两个从大学到现在，算起来一起走过了八年的时间，就算同居也有将近四年了吧？”

“嗯。”我下意识地回应，等着她继续说。

“我已经二十九岁了，付博。”

“我也二十九岁了。”我说。

“可你从来没有一点点向我求婚的意思。”电话那头，女朋友好像在努力压抑着哭泣。

“结婚不过是一个形式。我爱你，你也爱我。我们之间的感情是从最纯洁的时候建立的，我们有这份感情，不是比什么都重要吗？”我似乎是在给自己找借口。

“这个形式，对我来说，对一个即将三十岁的女人来说，很重要。”

“感情应该更重要吧？”我也不知道，自己是不是对婚姻有着本能的恐惧，所以才一直用感情来做挡箭牌。

女朋友好像已经完全平复了心情，咄咄逼人地说：“没错，不过我更需要一个能够保证感情延续下去的方式。或者是说，我们都应该想办法保证这份感情不会变质。我想，最好的办法就是结婚。可你似乎从来都没有这么想过。”

“只要我们彼此相爱，感情是不会变质的。就像当初我送给你的那颗金属的心。”

“这么多年，你一直用你的方式爱我、包容我，你也的确做了很多让我感动的事情，不过慢慢到后来，你所做的事情让我觉得，你只是在用这些事情来证明你在爱我，我没有办法走进你的心里。换句话说，你给我的感情就像那颗金属的心，看起来闪闪发光，可是我却觉得冷冰冰的。”女朋友说了一大串，好像是在控诉我。

“我不觉得像你说的这样啊。我对你的感情，就像那颗心，永远不会变质，永远不会生锈。”我说出这句话，有点心虚。

女朋友说：“别骗自己了，你躲在卫生间里用砂纸打磨的声音我都听到了。就像我们之间的关系一样，你以为你在努力维护，试着改变，其实，你不过是在改变你自己。你根本没有想过，我要的是什么。”

偷偷除锈的秘密原来早就被发现了。我有点气馁，有气无力地说：“那么，你想怎么样？我明天去向你求婚好不好？”

“我们还是分手吧。”女朋友斩钉截铁地说。

“你不再想一想？”

“我已经想好了。”

就这样，挂了电话，我和相处八年的女朋友分手了。

人和人之间好像是永远不能互相了解的吧。那天之后，我陷入了深深的迷茫之中。我把我们在一起的点滴记忆一点点翻检出来，试着找出可以弥补挽回的机会。

可是你知道的，越回忆，越伤心。最难过的时候，甚至会呼吸困难，心碎的声音顺着血管进入耳朵，比金属划过玻璃的声音还要难听一万倍。

几天之后，我们又通过一次电话。我试着挽回，但徒劳无功。就像两个业务员在沟通一样，我们谈妥了出租屋的家当该怎么处理的问题。

那是我的伤心地，我恨不得马上逃离。在这一点上，我的女朋友还算不错，她说如果我想马上搬走的话也没有问题，等她回来由她来处理所有家具、办理退租等等后续事宜——是的，她已经出去旅行了，听着电话里好像还有另外一个男人的声音。大概七天之后回来。

我颓丧地挂了电话，环视着这个我们经营了将近四年的家。到处都是我们的气息。这不就是一个家吗？有家的温暖，有家的琐碎，也有家的淡漠。每一种成分恰到好处地混杂在一起，向着窗外飘出幸福的味道。这有什么不好吗？为什么非要结婚不可呢？

这个问题我思考了好久，到现在也没有答案。然而在当时，我原本想把自己的东西收拾一下，全部带走。可是一收拾东西，我的耳朵里再次灌满心碎的声音。过去的记忆就像一根丝线，把一切抽离出我的身体，就像辛辛苦苦、小心翼翼搭建了八年的积木城堡被一根线牵着全部崩塌。

我想象不到曾经的柔情似水怎么会变成电话里的冷若冰霜，甚至连最后一面都不肯再见。我想躲到自己的心里自己取暖，可是发现自己的心已经碎了，碎得很彻底。

现在说起来，好像还能体会到那种痛苦的感觉。我没有收拾任何东西，手里拿着女朋友最后送我的那把锋利的斧子，准备离开。

可是我又鬼使神差地转过身来，用手里的斧子劈向了我们睡了四年的双人床。

我劈得很仔细，可以说是小心翼翼。掉下来的碎块几乎大小一样。不得不说，女朋友送给我的这把斧子真的是一个好东西。

我像一个木匠一样，花了将近一天的时间，把这张双人床变成了碎块，非常细碎的碎块。

第二天，我又来到出租屋。手里拿着使用了一天但依然锋利的斧子，开始把大衣柜劈掉。几乎又用了一天的时间，大小形状接近一致的碎片甚至有了一种美感。

第三天，是梳妆台。

第四天，是书桌。

第五天，是床头柜。

第六天，是书和书架。对待木质的家具我已经得心应手，一小块一小块的碎片整整齐齐地被堆放在它原来所在的位置，木头的气味混杂着我们生活的气息，甚至让我觉得就这样杀死记忆，简直再完美不过。

第七天，心碎的声音再次出现在我的耳朵里。那个锈迹斑斑的金属心还在那里。不瞒您说，站在一片废墟之中，我号啕大哭起来。这是我在得知分手消息之后第一次哭。

就在我哭得上气不接下气的时候，女朋友出现在门口。

她旅行归来，本来是回来收拾东西的，但被碎片中一手拿着斧子，一手捧着金属心还泪流满面的我吓呆了。

我看到女朋友出现，渐渐不再哭泣。可她依然不敢靠近我。

我觉得有必要解释一下她所看到的一切。

我说："嘿，你听过心碎的声音吗？"

她没有理我，像看着一个疯子一样看着我。

我继续说："那你知道一颗心碎了之后是什么样子吗？"

她依然没有理我。

我环顾四周，说："就是你看到的这个样子，每一个碎片大小几乎一致，碎得不能再碎了。"

女朋友说："你把斧子放下，我看着害怕。"

我掂起斧子看了看说："谢谢你在分手前送给我这把斧子，要不然，我还不知道怎样才能让你看到心碎的样子呢。"

我的女朋友显然不知道该说什么了，呆呆地站在门口。

我说："你闪开一点，我还要把最后一样东西劈开，不要伤到你。"

我把那颗锈迹斑斑的金属心放在地上，抡起斧子用尽全身力气劈了上去。金属撞击，火星四溅。斧子被震飞，顺着我的耳边飞向窗户，撞碎了玻璃窗，向楼下坠落。

女朋友被吓得尖叫一声。

我的手被震得发麻，不住地颤抖。我用颤抖的手把金属心拿起来捧给她看："你看，这么大的力气才出现这样一点小小的痕迹，没有关系，我是可以把它修好的。"

付博一直在讲着，坐在他对面的招聘经理听得几乎入了迷。

人才市场都快关门了，里面的人也走了大半，四周明显得安静了许多。

付博停了下来。

招聘经理不解地问："虽然是奇怪了一点，但只是一个情侣分手的故事，怎么会判你拘役呢？"

"您忘了我说的那把斧子了吗？"付博苦笑着摇摇头，"它撞碎了玻璃窗，飞到了楼下，把一个过路人砸得头破血流。还好斧刃朝上，否则我可能就会是过失杀人的罪名了。"

招聘经理似乎已经忘了讲述这个故事的本意，追问道："您的女朋友，哦，不，前女友，是她报的警？"

"是我自己。"

"为什么？"

"我只是想……"付博四下看了看，不知道该怎么解释当时自己的想法。

过了一会儿，付博坐直了身子，换了话题说道："关于我为什么会被拘役一年八个月的原因，我已经告诉您了。不知道我能不能获得这个职位？"

招聘经理想了一会儿，试探地问道："假如……我只是说假如，在工作中，遇到令您十分震怒或者伤心的事情的话，您是不是还会做出如此……不理智或者说疯狂的事情？"

"不会了，再也不会了。"付博的脸上透出无比真诚而平静的神色。

招聘经理疑惑地问道：“真的吗？为什么？”

“因为两年前我的心已经碎了，不会再伤心了。”

04 被错过的声音

1
one

抓住幸福其实比忍耐痛苦更需要勇气。

可惜有太多的人，只是在错过之后才有那么一点可怜的感悟。

临近毕业，每一个夏日黄昏都像电影结束时的最后一帧画面，满足、回味、伤感以及美好当中有着无法挽回的遗憾。

可是站在青春的尾巴上的孩子们啊，谁也不相信会留下遗憾。大四的学生们喝酒唱歌，表白分手，打架或者和解，谁也不想留下一点遗憾。

在我们学校有一项悠久的历史传统：每到毕业季，大四学生就在宿舍楼间的小广场上举办跳蚤市场，把四年来的旧课本、杂志以及带不走的生活用品摆出来卖给学弟学妹。可是谁也不在乎那些旧课本旧杂志能够换来多少钱，更像是和同学们一起做最后一件事，进行最后一次集体活动。

然而，郭逊没有摆摊，而是拖着一个蛇皮袋穿梭在人群里，寻找着一切可以用来卖钱的废品。没办法，毕业一年内要还清助学贷款，他没有心思去风花雪月，去感慨离别。

胖胖的、长相普通的女生慧慧和同学一起说说笑笑在摆摊，远远看到郭逊走过来，她一下子安静了。她了解郭逊的处境，于是把自己的旧杂志归拢到一起要给郭逊，让他拿去卖掉。

郭逊推脱不过，要给她钱，慧慧却不要。两人争执间，校园电台开始播放，一个好听的女声讲述着离愁别绪，放着令人伤感的歌曲。

郭逊听到声音，愣在那里。

慧慧看着郭逊，眼神复杂。

深夜，相向而立的男女生宿舍楼内都灯火通明，几乎所有人都趴在阳台上大喊大叫，把带不走的暖壶、啤酒瓶等等都往楼下扔，似乎是用末日般的狂欢来掩盖即将离别的伤感。

夜深了，亮着灯的宿舍渐次熄灭，校园里渐渐安静，偶尔有人嘶吼着唱歌。

天大亮，但是阴天欲雨。毕业生们开始离校。

郭逊他们班最后一次聚齐，依次欢送要离开的同学。

郭逊喘着粗气从远处跑来，把准备好的信封和纸笔依次分发给大家，让大家写一封寄给五年后的自己的信，到时候他负责寄还给大家。

2
two

时间倒回，大学入学不久。

屌丝男郭逊的目的只有一个：留在学校里顺利毕业。

郭逊努力在学校里面兼职赚学费，图书管理员、食堂帮厨，出去做家教、商场促销。

慧慧跟林琳一起都在学校电台里做主持。

林琳漂亮，电台里的学长学弟都围着她转，慧慧毫不起眼，但坐上主播台就像换了个人，嗓音甜美。

慧慧也在做图书管理员，认真做事的郭逊在她眼里比所有人都帅，慧慧渐渐喜欢上了郭逊。但郭逊并不知情。

一个黄昏，郭逊在图书馆一个人忙着搬书，累到不行坐在地上靠墙休息时，校园电台里传出了一个好听的女声，说着励志的话，每一句都像是在鼓励郭逊，还放了一首励志歌曲。

郭逊被这个声音迷住了。谁也说不清爱情会在什么时候到来。在郭逊心里，因为这个声音，他的爱情就来了。可是，他一点都没有听出来，那个甜美的声音就是来自慧慧。

做完那期励志节目，慧慧好像完成了一件大事，终于下定决心去找老师辞去电台 DJ 的工作，还跑去图书馆要求调整一下管理员的工作时间。

她要求与郭逊在一组。

每天去图书馆是慧慧最开心的时光，她会在宿舍里拿着仅有的几件衣服换来换去。

慢慢地，慧慧与郭逊熟悉起来。

不过也就是哥们儿之间的那种感情。

郭逊会向慧慧抱怨，也会倾诉——关于他心里的那个美妙的声音。

终于，在又一个下着雨的黄昏，校园广播再次传来那个让郭逊神魂颠倒的声音。

郭逊鼓足勇气跑到学校电台，但他看到主播台上漂亮的林琳，一下子泄了气。

他知道自己配不上她。

郭逊在食堂帮厨，给同学刷卡打饭。慧慧带着林琳去找郭逊的窗口，郭逊看到美丽的林琳，一时惊艳，没有刷她的卡。

这一天黄昏，金色的夕阳透过图书馆的窗户洒进来，一排又一排高大的书架就像电影里的场景一样。慧慧停下手里的工作，问郭逊："郭逊，你是不是爱上林琳了？"

郭逊有点不好意思，说：“倒也说不上是爱，总之是很喜欢。心里总是会想起她，耳边也总是她的声音。”

慧慧不死心：“为什么啊？难道就是因为她的声音好听？”

郭逊似乎陷入沉思，想了想说：“你也知道我的情况，每年都在申请助学贷款。其实我的压力很大的。有一天我几乎就要撑不住了，恰好从校园电台听到了一期节目，几乎就是在鼓励我啊！”

慧慧听了郭逊的话，几乎就要崩溃了。原来，郭逊把慧慧精心准备的节目当成了林琳做的。

慧慧不再说话，她实在不知道应该怎么样告诉郭逊，那个声音就是自己。

郭逊在商场穿着哆啦A梦的卡通服装做促销时，看到林琳和一个高大帅气的男生在逛街，摘掉头套准备打招呼，可他看看那个男生再看看自己，又把头套戴上默默注视林琳离去。

图书馆里，郭逊问慧慧，林琳有没有男朋友。

慧慧假装若无其事地跟郭逊谈论林琳，并鼓励他喜欢就去追，还把林琳的手机号给了郭逊。她是真的希望眼前这个男孩子能够幸福。郭逊存下手机号，取的名字是“女神”。

有一天，郭逊约慧慧去逛街，慧慧开心不已。

谁知郭逊每拿起一件衣服都问林琳会不会喜欢，慧慧极力掩饰伤心。结果郭逊做促销挣的钱根本买不起他觉得帅气的衣服，很懊恼。两人大吵一架，慧慧口不择言地说：“你与林琳根本不配！”郭逊愤怒地说：“你和他们一样！”

慧慧默默关注着郭逊，她去做了一份家教，挣了钱拿去给郭逊。郭逊不收。

郭逊说：“我不要你可怜，也不需要你的帮助，我要凭自己的努力追上林琳。”

黄昏的时候，郭逊开始在校园电台的喇叭下面摆摊做小生意。

慧慧看郭逊辛苦，从食堂打来饭菜，郭逊只当是哥们儿间的关心。听着电台里的声音，心安理得地吃着。

慧慧则暗自伤心。

从那以后，两个人之间好像有了一层隔膜，在图书馆里两人默默做事。但是郭逊出去打工三餐不定，慧慧总是帮他留一些吃的。

郭逊与林琳的联系仅仅停留在短信上。

郭逊总是通过短信嘘寒问暖，却没有勇气约林琳见面。

一天林琳主动来短信，要郭逊帮忙去校门口收一个包裹。

郭逊还特意问同学借了一身衣服去给林琳送快递。

林琳收了快递，说：“我经常从网上买东西，但我又总不在学校，你以后能不能帮我代收一下？”

郭逊终于有机会为林琳做一点事情，高兴得不知所措。

帮林琳收了几次快递之后，郭逊受到启发，他在学校贴出小广告：代收快递，每单三元。

郭逊的快递事业蒸蒸日上，很快就骑上了小三轮给全校各个宿舍楼分发快递。

慧慧为了能够与郭逊有见面的机会，从来不网购的她从网上买了好多东西。

郭逊给她送去，坚持不要钱，慧慧却坚持要给。

慧慧把包裹拿回宿舍，却不拆，开始在网上逐一退货。

郭逊在学校门口分拣快递的时候遇到林琳，刚要打招呼，一辆豪车停下，林琳上车离去。

郭逊不敢相信眼前所见，过了好几天终于找到林琳，希望听到她的否认，谁知林琳大方承认，郭逊似乎尝到比失恋更痛苦不堪的滋味。

慧慧在网上买了东西又退货，被林琳撞见，不得已慧慧只好道出实情，林琳被感动，对慧慧说："我的所有的快递都会让你代收。"

郭逊多日不见林琳的快递，给她打电话。

林琳约他见面，郭逊欲言又止，林琳只说了一句话："郭逊，我们两个人是没有可能的"。

3
three

时间过得飞快，转眼间就要毕业了。

校园里到处都有喝醉酒的人，还有在毕业前表白的人。

郭逊几次拿出手机想要打给林琳，又始终没有勇气。

郭逊准备一毕业就到快递公司全职上班。

林琳最后一次去电台，跟电台的学弟学妹们说想要做最后一次节目。

林琳坐上主播台，播放完歌曲，回忆起了与慧慧、郭逊有关的点点滴滴。她没有点出名字，但话语间全都是对郭逊的鼓励还有对慧慧的感谢。

郭逊听到声音，愣在那里。

慧慧看着郭逊，眼神复杂。

第二天就要离校了，这个夜晚大家都在彻夜狂欢，砸东西，喝酒，唱歌。

学校领导在广播里呼吁大家冷静，大家好像约好了一般瞬间安静，待广播里话音刚落，大家又像约好般瞬间扔出更多东西并且大声嘶吼。

男生宿舍楼里，郭逊趴在阳台上看着大家狂欢，默不作声。

对面女生楼里面，慧慧也在阳台上趴着，默不作声。

4
four

每个人的生活都迅速发生了天翻地覆的变化。

郭逊穿上崭新的衬衣西装去快递公司上班。

谁也不知道生活会变成什么样子，可是每个人都必须要硬着头皮走下去。

五年后，郭逊早就还清了助学贷款，还做到了快递公司的大区经理。

郭逊接到请柬，去参加一个大学同学的婚礼。

婚礼现场热闹而俗气，老同学见面有着温馨的尴尬。

婚礼结束，老同学这一桌没有急着散场。郭逊拿出他带来的礼物，是当年他们每个人写给自己的信。所有人一阵惊呼，想不到郭逊真的保留着。

每个人拆开自己的信，摇头笑着。

所有人都问郭逊你写没写。郭逊摇头。

“你为什么不写啊？”

“我是快递员啊。让你们写信，是留下自己的记忆，可我的记忆一直在我脑子里啊。”

众人笑闹，问郭逊：“如果你写的话，会写什么？”

郭逊想了好久，说：“我一直以为我和你们不一样，在大学里你们可以肆意享受青春，但是我不能。我那时候想和你们一样。后来我发现，其实我们都一样，你喜欢林琳，我也喜欢林琳，有人喜欢你，也有人喜欢我，我们没有分别。能不能站到女神身边，不是看你穿什么衣服，长得帅不帅，而是看你有没有学会爱。那时候，我们都不懂爱，至少我一点都不懂……”

有人问郭逊：“你喜欢林琳什么？”都已经是过去的事了，大家提起来就好像在讲故事一样。

郭逊忆起那个黄昏，在图书馆听到电台里 DJ 的声音和歌曲，是那些鼓励让他坚持走完大学四年……

林琳大吃一惊，说：“我从来没有做那期节目。是你搞错了吧？一定是慧慧！”

经此提醒，大家七嘴八舌议论，都看出来慧慧喜欢郭逊。

郭逊惊呆了，沉默不语……

回到家，郭逊翻出当年慧慧写的那封信，信封上没有地址，却写着“郭逊启”。郭逊疑惑地打开，是一张“合影”：背景是郭逊在学校门口弯腰低头拣快递，慧慧在前景，定格的瞬间风扬起她的长发，笑靥如花。

照片背面简单写着几句话——

郭逊，谢谢你。

在图书馆和你一起做事是我青春时光里最美的记忆。我一直以为我和别的女生不一样，但是在你面前，我知道我和她们一样，也会喜欢一个人，也会思念，也会脸红心跳。如果说这就是青春，那我应该谢谢你，让我拥有了一段最美好的青春时光……

郭逊拿着照片，看着上面那个羞涩含笑的女孩，还有自己躬身捡拾快递包裹的背影，过去的画面一幕幕浮现在脑海。

他拿出手机，拨打慧慧的手机号，那号码早已变成空号。再跟其他同学联系，有的人甚至记不起这个人了。

谨小慎微、脚踏实地的郭逊终于任性了一回。

在快递公司的办公室，大区经理郭逊叫来秘书，拿出照片，让她给公司所有快递员复制一份，在全城派件的时候随时询问，看能不能找到这个人。

很快，大街上快递员们奔向了城市的各个角落。

郭逊也换上快递员的衣服，拿起照片，像当年一样，骑上三轮车，载着满满的包裹，穿行在车水马龙的城市里。

05　你的名字

生命中的全部偶然，其实都是命中注定。

这句话放在阿雅身上，再合适不过。

阿雅是我的大学同学，在这个美女众多的文科院校中，她实在是一点也不起眼。瘦瘦小小的，从来不化妆，穿衣打扮也不在潮流之内。我们上大学那个时代，日租房、小旅馆已经包围了校园，可阿雅竟然还幻想着操场上蓝天下白衣飘飘的爱情。

如果不是我们之间有一点小小的交集，我可能真的都不知道班上有这样一位女同学。

那时候我在院学生会。有一天上大课的时候，阿雅找到我，希望我帮他去争取一下校图书馆提供的勤工助学岗位。她看起来有些着急，还有点不好意思，不过在略显混乱的述说中，我大概明白了，好像是她们家有一些变故，为了生活，她不得不自己想办法。

在帮助阿雅申请勤工助学岗位的过程中，我一点点了解到她的情况。阿雅父亲早亡，母亲改嫁，是奶奶一手把她带大。最近奶奶大病一场，家里的境况捉襟见肘，她只好想着法子多赚一点钱。

我向阿雅提议，要不要通过学生会发动募捐，让大家帮她渡过难关。

阿雅斩钉截铁地拒绝了我的好意，她坚持要靠自己的付出换取应得的报酬。

这让我在同情之外，对她又多了一点敬佩。

关于勤工助学的事情，我更是不遗余力，希望能够帮到她一些。

然而很遗憾，我在老师面前的游说并没有起到什么作用，图书馆勤工助学岗位录用了一位男同学。老师的理由是，这个男生的情况更加困难，而且图书馆里的工作大多是一些体力劳动，男生更合适一些。

当我把这个消息告诉阿雅的时候，她的眼里闪过一丝失望但很快恢复了常态，并且告诉我说，她已经在外面找到一份家教的工作，无论如何还是要谢谢我。

她的感谢让我很愧疚。我暗暗下决心，有机会一定要帮到她。

有时候去食堂吃饭，我会刻意多买一点，然后坐到阿雅旁边，假装不经意地对她说“啊呀，真是的，又买多了”，然后分给她一些。

有时候我跟女朋友去买水果，我会多买一份，让她带回宿舍送给阿雅。一开始，女朋友还会吃醋不开心，我把关于阿雅的事情告诉了她，她才理解一些，不过仍然不放心。

“没有什么好不放心的啊，阿雅也有喜欢的男生好不好？”

我说的是真的，有一次在食堂吃饭闲聊，阿雅向我打听过一个男生。她当时说出了那个男生的班级还有大致样貌，询问我是否认识，是否知道对方的名字。不过那个男生我确实不认识，阿雅红着脸摆摆手说算了算了。

“你想帮她我不反对，可是像对女朋友一样对她让人觉得很奇怪啊。你想想办法帮她找一点赚钱的机会是不是更好呢？”

女朋友的话听起来很有道理。

从那天起，我开始留意起关于兼职打工的事情。

很快，同宿舍的哥们儿带回来一条消息：学校旁边新开了一家情人旅馆，正在托人在校园里寻找兼职前台，而且待遇丰厚。

我找到阿雅，把这个消息告诉她，原以为她会很高兴，可是她却有些难为情。

“这个……旅馆……是做什么的？”

“嗯，前台嘛，大概就是帮人登记信息、开房间退房间之类的吧。没关系，我那哥们儿说了，这个工作很简单的。”

“嗯……”阿雅涨红了脸说，“我是说，这个情人旅馆……名字好奇怪……”

“哦哦，我明白了，难不成你不知道学校周围的那些小旅馆目标客户是谁吧？”

“这个……”

“你今年有没有十八岁？”

“当然有啊。”

“那就很简单啦，既然已经成年了这些事情不用我说你也懂吧，再说你不是还有自己喜欢的人了嘛。”

“可是，我们还在上大学啊……大学里的爱情不应该是操场上蓝天下白衣飘飘的那种吗？”

我这才注意到，阿雅平时特别喜欢穿白色的裙子。

“好啦好啦，每个人都有自己的爱情观，可是与这份工作关系不大吧？你要不要去工作？对方还在等着回信呢。”

“好吧……我试一试吧。”阿雅说这话的时候，好像下了很大的决心才攒足了勇气。

阿雅第一天去情人旅馆上班是在一个傍晚，夜色越深客人越多，出双入对的几乎都是我们学校的同学。客人越来越多，阿雅的脸颊也慢慢涨红，像熟透的苹果，她几乎不敢抬头，生怕遇到同学，好像“干坏事”的是她一样。

“我要开一间房！”

一个熟悉的声音传来，阿雅的耳朵都红了，她把头深深埋下去，小声说：“请您出示身份证。”

“啊？学校附近的小旅馆也要身份证啊？我没有带……”

阿雅没有说话，意思是没有证件绝对不行。

隔着柜台与阿雅相向而立的，就是阿雅问过我名字的那个男生。

“对了，学生证行不行？”男生有些期待地询问道。

阿雅的希望破灭了——因为老板规定，学生证也是可以的，她第一天上班，生怕有什么差池。

阿雅轻轻点点头，两鬓的头发垂下来，她也没有抬手去拢到耳后，她怕眼里好不容易才忍住的眼泪不争气地掉下来。

一个有些磨损的学生证递过来，阿雅留意到那双手有着修长的手指，指甲修得很整洁，和那张无数次出现在她脑海中的帅气的、朝气蓬勃的脸十分相称。

阿雅接过学生证，磕磕绊绊地办完手续，递出一张房卡，仍然低着头说：“房间在 339，明天十二点前退房。”

男生接过房卡，有些雀跃地说：“一会儿有个女生会来，我让她报房间号，你直接让她上来就好了！”

阿雅的手指绞在一起，终于鼓起勇气抬起头，却只看到男生消失在楼梯拐角的背影。

过了一会儿，一位漂亮的女孩独自来到旅馆的前台。这个女孩身上好像散发着某种光芒，让阿雅有点睁不开眼睛。

“不好意思，打扰一下，请问 339 房间怎么走？”女孩说话彬彬有礼，声音也很好听。

阿雅抬起头，努力挺直身子，好像不这么做自己就会变得越来越矮似的。

阿雅清清嗓子，学着电视上酒店前台的样子，回答了女孩的问题。

“谢谢！”女孩道谢，转身上楼，阿雅却觉得自己的声音怎么那么难听。

学校宿舍晚上十一点关门，阿雅十点半与人交班，她逃也似的走出情人旅馆的大门。穿过这一片小旅馆集中的区域，阿雅若有若无地仿佛听到了荷尔蒙爆裂的声音。她扭头看看身后自己工作的地方，339 房间的灯是灭的。她不敢再去想，快步逃离了这个地方。

第二天中午，依然是阿雅的班，但她找理由和别人调换了一下，她实在没有勇气看着那个男生和那个女生一起出现在自己的面前。

然而这份工作对她却十分重要，关乎生计。她没有辞职，依旧认真地上班。

接下来直到放暑假前的这三个月，阿雅又见过那个男生九次。也就是说，每个月他都会带他的女朋友，来到这家情人旅馆。

他递证件，她递房卡，他说谢谢，她说不客气，固定的交流模式，重复了九次。

其中有的时候像第一次一样，男生和女朋友一前一后到来，有的时候两个人一起，阿雅终于不再像第一次那样深埋着头，而是落落大方地接待他或者他们两个人，只是总是不自觉地会挺直身子。

快要放暑假了，一年一度的毕业季也到来了。这些小旅馆的生意似乎更加火爆，为了给毕业生们更多在一起的机会，旅馆业者在房间里增添了棋牌桌甚至是卡拉 OK 设备，前台也代卖啤酒零食之类，阿雅的工作更加忙碌。

终于，阿雅再一次见到了那个男生。

这次，他是一个人。

男生递上学生证，说："我要一间带棋牌桌的房间，再麻烦你送一箱啤酒到房间里去。"

阿雅知道，这次应该是他和他的兄弟们聚会吧。

她心里无法抑制地涌起一种隐秘的喜悦，好像老朋友一样问道："你女朋友呢？"

"我马上就毕业了，我们……分手了。"

阿雅留意到，说这话的时候，男生的眼睛红红的。

阿雅的心情变得十分复杂，手里捏着他的学生证，不知道如何是好。

男生递过来三张一百元的纸币，从阿雅手里抽出学生证，说："你先扣掉房钱吧，我怕喝酒太多把钱花光，剩下的钱，除了啤酒麻烦你再帮忙准备一些下酒的零食吧。"

阿雅接过钱，视线随着被抽走的学生证落到男生的脸上。

男生的神情有些落寞。

阿雅看着这张脸，想要说些什么，却不知道如何开口，只好用力点点头。

男生挤出一丝笑容，认真地说："谢谢！"

毕业季的夜晚，到处都是歌声、哭声，以及不知道什么情绪的叫喊声。

有人喝多了大声歌唱，有人分手了号啕大哭，好像人生至此就要结束一般。

阿雅还有一年才毕业，她似乎理解不了这种感受。

可是看到那些喝多了的学长，她的心里也很难受。

学校里依然到时间就熄灯，于是小旅馆变成毕业生们彻夜狂欢的战场。耳边依稀传来唱歌、哭泣，砸玻璃、摔酒瓶的声音，谁也不会在意，这些声音是从哪里传来的，所有人都沉浸在离别的情绪里。

阿雅特别想去那个男生开的房间去看看，想告诉他少喝一点酒，想告诉他未来会很美好，想告诉他青春有美好的记忆就已经足够……

“可是，我们根本不认识啊，开场白都不知道该怎么说……”阿雅在心里对自己无奈地说。

第二天，阿雅回到学校，发现男生宿舍楼的窗户几乎都被砸烂了，宿舍区的垃圾桶、橱窗也都被蹂躏得支离破碎，好像刚刚发生过战斗的战场。

阿雅知道，这是学校每年的保留节目，毕业生们无处发泄情绪，已经将“砸烂学校”当作源远流长的“光荣传统”了。

阿雅看着几乎面目全非的校园，心里想着那个男生，不知道他们有没有参与到这场“盛举”当中。就在这时，她的小灵通响了。

“阿雅，你快回来吧，咱们有好几个房间都被人砸了个稀巴烂，老板正在按登记信息找人赔偿呢！”

阿雅心里咯噔一下，一边拼命祈祷，一边折返，朝旅馆走去。

老板正在愤怒地打电话，看到阿雅回来，大声问：“640房间是不是你开出去的?！”

阿雅心里拼命喊着“不要不要”，轻轻点了点头。

“你去看看，都给我砸成什么样子了！你们昨晚值班的，有一个算一个，全部扣钱！”

老板吼完，又去电脑上查信息，打电话。

“阿雅你过来！340怎么没有登记信息?！”

“老板，他的房钱是结过了的。所有消费也都一分不少……”

“你说的我都知道！可是现在，一帮大小伙子把我房间弄个稀巴烂，我要找到他们，赔钱！你登记的信息呢？”

阿雅感觉天都要塌下来，她不知道该怎么去跟老板说——

那个男生，是阿雅入学时帮她提行李的那个。

那个男生，是篮球场上风光无限的那个。

那个男生，是辩论赛上气势滔滔的那个。

那个男生，是有全校最漂亮的女朋友的那个。

那个男生，是无数次出现在阿雅梦里的那个……

可是阿雅一直不知道那个男生的名字。

她一直不知道他的名字，其实她本来是有机会知道的，每次他来开房，都会出示学生证，只要阿雅打开他的学生证，按照正常程序帮他登记，就能知道他到底叫什么名字。

但阿雅没有，因为她没有足够的勇气。她说，抓住幸福其实比忍耐痛苦更加需要勇气。

就这样，阿雅赔了钱，丢了工作，可她好像一点也不后悔。这个几乎没人知道的故事被她藏在了心底的最深处。

阿雅觉得，自己的大学也算是拥有了关于爱情的回忆了。

过了好久，我才明白，阿雅所谓的爱情，不是肌肤之亲，不是一粥一饭，也不是卿卿我我，而是一种坚韧的渴望，是她疲惫生活里的英雄梦想。

很久以后，阿雅告诉我，她有一次做梦，看到了那个男生的名字：莫启文。

“莫启文！找你的钱！”阿雅在梦里喊道。

梦里的阿雅，依然站在旅馆前台。

已经走开的他转过身来，笑容清朗。

然后，阿雅的梦醒了。

阿雅永远都不会知道，那个男生是不是真的叫莫启文。

Part 2

孤独的英雄梦想

有时候，
我们在梦境与现实之间游走，
常常分不清自己身处
梦境还是现实——
荒诞得像个梦，
残酷得像现实。

01　老王的乌托邦

现在，由我来给大家讲个故事。

从前——当然也不是太久远——有一个大院，名字叫作合作大院。

如你所知，与解放大道、新华路一样，这个名字是一个特定时代的产物。能够印证这一点的还有院里清一色的苏式建筑，不单是粗粝硬朗的建筑风格，包括整个大院的布局也是老大哥那一套——办公区、生活区、礼堂、幼儿园、服务社等等，一个大院就像一个小王国。

关于这个大院的历史我不太了解，据说曾是一个机关还是什么，总之在当年，这里绝对是令路人路过多看两眼、普通人眼热的好地方。

风水轮流转，时过境迁到如今，这里已经满是颓败的气息——我在这里讲述时，脑中充满秋天大院里落满枯叶的景象——办公区的楼租给了很多小公司，生活区里有很多来历不明的租住户，出入这里的人也都是一副瑟缩的样子，和整个大院的面貌十分吻合。

当初我搬到这里住，心里颇为不愿意，然而没有办法，刚刚大学毕业，谋个差事已属不易，这里距我工作的地方还比较近，花三十块钱去买个旧自行车就能解决交通问题。环境差点我也就忍了。另外不得不说的是，我搬进来之后只交了一个月的房租，之后就再也没交过。

事情是这个样子的：

这个大院目前由一个姓王的老大爷代为看管。为了叙述方便，我们不妨管他叫老王——老王今年有六十多岁，身形高大，是那个年龄少有的大个子，将近一米八，一年四季一套灰色中山装，无论里面是棉袄还是白衬衣，领口下方总是要留两个扣子不系，一头银发总是一丝不苟的三七分，戴个玳瑁框的老式眼镜，双目有神，丝毫没有花甲老人的死气沉沉。如果这一身装束回到三十多年前，那一头银发变回黑发，微驼的背再直起来，老王绝对算得上帅气且风流倜傥。如今，六十多岁的老王独自一人住在合作大院的一个有独立小院的二层小楼里，整个大院就是他的领地，向外出租、收房租等等事宜都由他一手操持。扯远了，接着说我为什么不用再付房租的事。

毕业时大家都一样——依然死性不改的充满幻想——以为生活即将改变，那些原本只是想想的场景也许有机会实现了，比如自己的小屋，伴着咖啡香气的办公室生活之类的。然而找房子的过程就是幻想开始不断破灭的过程。看看租房行情，再摸摸钱包，自己的要求也就从温馨小屋慢慢变成“我要有个睡觉的窝”。

就算是睡觉的窝，也不是那么轻易可以寻到。我就是拖着找了两天房的疲惫的双腿敲开老王的门的。

从合作大院大门到老王的小院有一段距离，我边走边四下观望，一边走一边安慰自己说，那斑驳的门窗多有感觉，院里有这么多树夏天一定不会太热……

就在我努力培养自己对这大院的好感的时候，肖邦的《雨滴前奏曲》似有似无地传来。初秋午后的大院安安静静，乐曲传来更显清幽。

乐声渐渐清晰，我行至老王的小院门前，抬手敲门。

院内应声：“门没锁，进来吧。”

老王嘴里叼着烟斗，正在摆弄一个留声机，肖邦的音乐便是从此流出。他身边是一把藤椅，藤椅旁是一张小方桌，桌上一套精致的茶具正氤氲着茶香。整个院内进入视野的东西都散发着时光的气息，并非崭新但整洁有序。

此情此景令我有非常不真实的感觉，一时愣住。

还是老王打破尴尬，说道：“小伙子，有什么事？”

我连忙说：“哦，我想找个住的地方。”

我回话的时候眼睛也没有离开那老唱机，因为我实在好奇，这古老的玩意儿是哪来的？

老王见状，答非所问：“你也喜欢肖邦？”

我没理他，又重复一遍："我想找个住的地方。"

老王磕磕烟斗，看我一眼，说："跟我上楼谈吧。"

如果不是老王在带路，我一定以为我走错了地方：四面墙是到房顶的摆满书的书架，蓝丝绒窗帘下是一张玻璃板下压着绿色绒布的老式写字台，上面摊开着书本，那盏有着绿色灯罩、铜制灯座的台灯让这一切有电影场景的感觉。

老王指指写字台旁的一把椅子示意我坐下然后拉开抽屉，拿出一张图纸，摊开指给我说："现在还有这儿、这儿、这儿空着。你选一个吧。"

我凑近一看，原来是一张手绘的大院示意图。但是老王对我的情况不闻不问倒令我不安。我没接他话茬，老老实实地把自己的情况介绍了一番。

老王认真听完，微微一笑说："行。我看你就住这儿吧。"他用手一指——"房租每月一百五十块。"

我按照老王的指点，向大院西北角走去。那里有三栋平房，与老王的小院相距不远，中间隔着一片草坪，由一条两旁种满高大杨树的甬道相连。

草坪上摆着几个雕塑。房前灰砖山墙上有大片的涂鸦。

我住在第二栋其中一间。我进去的时候看到了两三个人在房前，有一个坐在石凳上看书，有一个叼着烟皱着眉在走来走去，还有一个在一栋房子的房顶上，抱着吉他弹唱。

弹琴那哥们儿远远看到我，使劲扫了几下琴弦，说：

“嘿。”

抽烟的哥们儿看到我，便走过来说：“新搬来的吧？我帮你拎东西。”

我赶忙说：“谢谢，不用。”直奔我的房间。

房间里很整洁，简单收拾就可住下。

我累得不行，往刚刚铺好的床上一躺，窗外琴声传来，我扭头，刚好从窗户里看到房顶上那忘情弹唱的哥们儿，伴着琴声我不知不觉就进入了梦乡。

很快，我就和周围的邻居们熟悉起来。大家共用一个厨房、一个水房、一个厕所，碰面机会很多。住在这里的都是年轻人，和在宿舍时也没太大变化。只是我要每天朝九晚五，按时上下班。但是比较奇怪的是，我去上班时，邻居们起床的不多，除了那个老在石凳上读书的哥们儿，我下班的时候大家也基本都在，难道他们都不上班？

补充说一下，我在一个杂志社上班，但还在见习期，没有工资只有稿费。所以每天我绞尽脑汁想的都是如何多写稿。如你所知，写东西不是生孩子，灵感不是想有就有的。每当这时我就很烦躁，不知如何是好。

有一天傍晚，我在屋里实在是没有头绪，就出来在大院里溜达。不知不觉间走到了老王的小院跟前。一个念头在脑子里闪过。

小院门开着，老王看到我，招呼我进去，问：“住的还习惯吧？”

我说：“还好。但我有个事情想求您。”

老王一笑：“不要说求。什么事？”

“您知道我在杂志社工作，不经常看书充电这活我就没法干了，”我说，“我能不能经常来您这儿借两本书？”

老王听完，脸上满是笑容，说：“好啊好啊。这就跟我上楼来看看吧。”

进入那电影场景般的书房，老王打开灯，一边指一边说：“这边是外国小说，这边是中国小说，这边是散文，这边是诗歌。”状态很兴奋。

外国小说那一架都是老旧的灰皮书、黄皮书，乍一看无甚可观，仔细看过我大吃一惊，居然大部分是“文革”“内部发行”以及“文革”初“供批判用”的！我不可思议地扭头看了老王一眼，他脸上满是得意的笑。

我如获至宝般抽出三本书，老王默许点头。那些书给我的震撼让我连“谢谢”都忘了说就出了小院。

自此我就经常去老王那里借书，来来往往便与他熟络了不少，但老王在我眼中依然是个神秘的老头。

之后没多久，这个神秘的老头就做了一件至今令我半信半疑、惊喜交加的事情。

到了一个月头上，我去找老王交房租。

老王问我："喜欢这里吗？"我实话实说："除了有点旧，其他都很喜欢。"

"和那三栋房子里的人们相处还行？"

"大家都是年轻人，还不错。"我说。

老王点点头："行，那你不用交房租了。安心住着吧。"

此话一出，我正惊讶得无可名状的时候，我搬来当日弹琴的哥们儿——他叫呆呆——手里拿着两本书进来，对我一笑，然后冲老王扬扬手中的书，说："换书。"老王点点头，呆呆便奔上楼去。显然这情景已不止一次，双方都已极为自然。

我忍不住问道："为什么啊？"

老王笑说："没什么啊。既然你喜欢。你跟他们相处也不错。大家开心就好了。你要非想给我钱也行，不过你就不能住在那三栋平房里了。大院里其他地方你可以随便挑。"

虽然我的疑团还没解开，但不用花钱这一点好处我还是非常清楚。听了老王的话，我心里嘀咕着说："我才没那么傻呢，不住白不住。"

老王又说："别想了，安安心心住着吧。什么时候不喜欢了再说——要不要再拿两本书看？"话音未落，老王就转身欲上楼，我仿佛被某种魔力牵引，尾随他而去。

呆呆正专心在诗歌的架子上寻找。我有点不知所措，就随手抄起写字台上一本书——福克纳的《喧哗与骚动》——

漫无目的地翻看。

老王见状，说道："这本我还有用。你去架子上看看别的先。"

我无心找书，恰好呆呆要走，我们便和老王道过"再见"一同离开了小院。

我们正往回走着，身后传来老唱机时隐时现的音乐声。我终于忍不住问呆呆："这个老王什么来头？我怎么觉得这么奇怪？"

"他没收你房租吧？"

"你怎么知道？"

"原来也有不少年轻人住到这儿，"呆呆说，"但是过不了两天就要搬走。很多人都说适应不了这三栋平房里的气氛。"

我说："气氛不挺好的嘛。"

"那些搬走的人都跟老王抱怨说，环境太颓废、不上进，对自己没什么帮助。每次老王一听这个，就挥挥手让人搬走。后来干脆就不要我们房租了，还说，有谁能适应这环境，就不要谁的房租。"

我更加奇怪了，老头这简直是在打造一个"乌托邦"么！

就又问呆呆："这老王什么来头？"

呆呆说："你看过《与青春有关的日子》么？"

"了解一点。"

"据说老王年轻时候就是那么过来的，他是这个大院的子弟，”呆呆很兴奋地说，“你看他那么多书，还有那个老唱机，都是这个大院当时一个地下俱乐部的东西，后来人散了，俱乐部也没了，只有老王费尽心思把那些东西保存了下来。”

我似乎开始理解老王了。心中原来有的一些疑问也仿佛有了答案。有很多次，我下班回来，看到老王在我们房前的石凳上和大家聊天，神采飞扬，如果只听声音，你绝想不到那是一个老人。看老王的眼神，你会惊诧于时间的仁慈，时光的流逝除了给他带来一点外形上的改变以外，他的眼睛没有一点苍老的痕迹。

呆呆又说：“你知道么，老王年轻的时候是写小说的。据说写过一篇什么《宣传部来了个年轻人》，结果被大批判，十年里受了不少苦。”

我被这故事吸引，但又半信半疑，便说：“你怎么知道？”

“都是老王平时跟我们聊天说的啊。老王还会定期组织我们搞沙龙呢，你刚来没多久，还没赶上。”

从呆呆的讲述中，我知道老王后来居然没被落实政策，依然是个边缘人。为了谋生，他只好用化名写些小稿子，未成气候。后来大院没落，上头照顾这个年事已高的子弟，就请他来看护这个大院。

也许正是多年来边缘的生活，才让老王一直保持了当初的一切，没有被改变。

不用交房租，让这地方更有家的感觉。和那些邻居们也不再是点头之交。在这群人里，好像就我有一个还算稳定的工作，其他人虽然住处稳定，但总体来说都处在一种颠沛流离的状态。

实际上，我也好不到哪里去。有一段时间，我留意观察过这三栋房子里的居民，我不能因为他们没有朝九晚五的生活就说他们颓废空虚，某些时候我反而感觉他们比我更充实。后来，我认真地思考过，这一群人才是真正地在生活，而我不过是在生存——如果你不仅仅把体面的工作、丰厚的收入当作美好生活的话。然而不止一次，我满心惆怅。我承认是这里的气氛所致——那时隐时现的不真实感，总是令我惆怅。

我们相处得很好，大家都成了好朋友。而老王也颇有分寸很少介入大家的生活，他的每一次出现都不显突兀，每一次离开也恰到好处。有许多夕阳西下的时候，我下班回来看到呆呆坐在房顶弹琴；有许多个薄雾弥漫的清晨听到从老王的小院传出若隐若现的老唱机的咿咿呀呀。还有那许多人一起在院里扯淡一直扯到东方鱼白的夜晚。这样的生活令我心满意足，然而总是被打断——因为我那该死的工作。说实话我不止一次想下定决心辞职，但每次到最后一刻，这个大院里的生活所给我的不真实感就会唤醒理智，让我摇摇摆摆不知如何是好。

老王的书房对我的工作帮助很大。我们杂志有一个“人物”栏目，最初是写一些所谓的成功人士，我就从老王那里借了很多传记，把那些本来平庸无奇的人写得风生水起，仿佛青史留名的英雄豪杰——稿子反响都不错，但仍然没有达到主编的要求，按照他的设想，报道这些成功人士，最好能够获得实实在在的收益而不仅仅是得到他们的好评。但是那些精明的成功人士一分钱都不肯掏。这让我们主编很尴尬，最后他决定改版——既然想让大家叫好，还不如写一些真正有意思、有故事的普通人。

这个想法确实不错，但是这任务落到我头上，麻烦就来了。我不过是一个刚刚毕业的小角色，人脉没有，关系没有，有故事的人，我到哪里去找？

有一天下午我下班，看到大伙都在，以院里的石桌石凳为中心，有坐有站，围在一起说说笑笑，扯淡聊天。大家看到我回来，纷纷招呼我加入谈局。我进屋把包放下，叼着一支烟晃悠出来，站在一边听大伙谈笑风生。

我记不太清大家都说了些什么，总之是形而上形而下齐出，上三路下三路共有，不时爆发肆无忌惮的笑声。后来话题好像转到了诗上，呆呆跳上桌子，要给大家朗诵自己最近写的一首诗。

我脑子里总在琢磨我该到哪里去找“有故事的人”，总是走神，难以完全投入到眼前这热闹当中。

栋梁——就是我搬来当日在这石凳上埋头苦读、一个时刻准备考研、落败两年仍在努力的家伙——捅捅我：“哎，我说，有事儿啊？”

“啊。工作上的破事儿。”

“说说看。哥们儿多少也懂点儿你们那一套。”他本科专业与我一样，平时我们就时常臧否杂志、点评传媒。

“又他妈改版。要写有意思、有故事、值得一读的普通人。这线索我哪儿找去。”

栋梁嘿嘿一笑，冲着前方没说话。

我说：“什么啊？”

栋梁一抬下巴：“呆呆啊。多现成啊。”

我一想，也对啊。呆呆写完了栋梁也跑不了，还有博士——我搬来那天皱着眉头走来走去的那个；还有……这一院子的人，哎呀哈哈，我这一年的稿子出来啦！

正想着，呆呆朗诵完毕，在热烈的掌声中跳下桌子。我上前把他拉到一边：“跟你商量个事儿。”

“怎么了？”呆呆脸上是刚才因为激动而出现的红晕。

“我准备写写你。我们杂志改版，让采访点有意思的人。我看你就不错。”

“我？我还行吧。不过你不觉得老王更合适么？”

我听到“老王”两个字心里暗自惊叫：我天，我怎么把这个人给忘了！

呆呆又说：“前段时间你不是问过我好多关于老王的事么，正好有这么个机会，你也可以跟他好好聊聊。”

“我看行！”

跟呆呆说完，我一看时间，傍晚六点多了。我就去公用厨房找了点也不知道是谁的吃的。吃完回屋，琢磨了一下提纲，就拿上纸笔奔老王的小院而去。

天已经渐渐黑下来，老王的房间里开了灯。我敲过门，过了一会儿老王才回应——他刚从楼上下来。

打过招呼，我说：“我想跟您聊聊。”我没敢一下子把目的说出来，我怕他不同意。

老王笑着示意我坐下，说：“聊什么啊？”

我想了一下说：“我想了解一下您。”

老王听了有点摸不到头脑。

我一急脱口而出：“干脆我跟您说了吧，我们杂志想采访您。”

“采访我干什么？”

我就把我们主编要改版的原因、目的一股脑跟老王说了。

老王听完，想了一下，不置可否：“你跟我上楼来。”

老王把我带到书房，打开桌上的台灯，柔和的光一下子摊开来。老王拿起桌上的一个大信封，抽出一沓稿纸，揭下第一页，递给我，说：“你看看这些人应该更有意思吧。”

我接过纸，只见上面写着：

喧哗与骚动——摇滚诗人呆呆

局外人——一个孤独的博士

追忆似水年华——栋梁：假如我能回到过去

我的灵魂骑在纸背上——小姑娘林雨

……

我粗略看了一下，我们住在一起的兄弟姐妹基本都在上面了，每个人对应着一部书。还别说，用这些书名来形容这些人，还真有那么点意思。当然我的意思不是说这些人和这些书的主题有多么紧密的联系，单是字面意思，就足够咀嚼的了。

在我瞎琢磨的当儿，老王说："怎么样？这些人不也挺有意思的？"

我说："是倒是，可是……"

"别可是啦，"老王打断我，"你跟他们相处这么久，不觉得这帮年轻人挺值得珍惜的么？"

我点点头。

老王接着说："我老了，过时啦，没什么可说的。有谁会对老头感兴趣呢？"

老王说得我有些伤感，于是我说："您别这么说。"可是这话说完我一时语塞，竟不知道说什么。

老王整理着手里的一沓稿纸，表情有些严肃。

我想了一下，说："王老师，可是我还是想写您。"

"为什么？"

"我觉得您比他们好写。"我知道这话有点牵强，但也确实如此，如果单纯地讲故事，阅历丰富的老头一定比毛头小伙有得可讲。

"我来帮帮你吧。"老王看了我一眼，说道。

我特别惊讶，充满疑惑地看着老王。

老王把手里的一沓稿纸归置得整整齐齐，递到我的手中，说："你看看这些。也许会对你有帮助。"

老王刚才给我的那张纸是个目录，这厚厚一沓稿纸就是那些正文。

在我翻看内容的时候，老王说："你一定要收好这些稿子。至于我，倒也不是不能写。等到最后再说吧。"

说着，老王把那个装稿子的信封递给我。柔和的灯光下，我清楚地看到信封上写着几个字：

被遗忘的地方

02 “并没有”乐队

1
one

沉溺记忆就像一场病，谁遗忘，谁才健康。

我想回头望，把故事从头讲，可是有些故事，再也不会有了。

大学的时候我疯狂地喜欢听歌。那个时候还有磁带，还有 CD，拆开一张新专辑就像一个仪式，按下 PLAY 键，等待着第一个音符响起，也期待着吉他声响起时心上像被划了一刀的感受。上课时单手托腮好像在认真听讲，其实袖子里是耳机线，两根手指放在耳朵上是为了盖着耳机……

那时候总有许许多多的话想说，有许许多多的感受想要表达，音乐似乎是唯一的出口。听得多了，自己也想写。

不会谱曲，那就写歌词。

于是，课桌上，教室墙上，到处留下了涂鸦的字句。

忽然有一天，班里的音乐特招生阿南找到我。

“墙上那些诗，是你写的？”

“什么诗啊，我写的明明是歌词。”

“你写的是歌词？有曲子吗？”阿南看起来很兴奋。

“我又不会谱曲——说吧，找我什么事儿？”

阿南说：“你会不会乐器？”

“口琴算不算？——哎，你到底要干吗啊？”

阿南一脸郑重地说：“我想组一个乐队。”

“想要我加入？”

“嗯。”

“可我只会吹个口琴啊。”我有点不太相信。

“你会写歌词啊，而且班里去 KTV 我听你唱过歌，你的嗓音很像许巍，偶尔客串一把主唱也是可以的啊。”

阿南似乎早就想好了。

我虽然心里有点打鼓，但还是硬着头皮说：“玩就玩，谁怕谁啊。”

“不赖，回头给你介绍我找的贝斯手和鼓手，大家认识一下。”

2
two

之后的一个中午，我在学校北边小饭馆的酒桌上认识了打鼓的老罗和弹贝斯的麦子。

两个人一看就知道是人才。

尤其是麦子，说话喜欢用“混账”和“他妈的”来做修饰语。比如“这混账啤酒喝下去真他妈的爽”或者单说一个“混账”，这个词在他嘴里婉转曲折高低轻重可以表达多个意思，而且使人一听就明白。

这两个口头禅像极了《麦田里的守望者》中的那个霍尔顿。麦子是他的绰号，估计和这本书有关。

一开始，我们合练一些别人的歌，像什么《真的爱你》《加州旅店》《一无所有》之类的经典摇滚曲目。

我时常能在我们稚嫩的声音中屡次感受到心上被划了一刀的感觉。

这其中，老罗的鼓打得最好，常常是吉他或贝斯卡壳了鼓点还依旧迅猛有力。

鼓声确实令人激动。然而想起小时候写作文常把某人的话比作“催人奋进的鼓点”时又不觉哑然失笑。

大家都是聪明人，几首耳熟能详的歌很快就驾轻就熟了。阿南说，有这么几首歌傍身，就可以出去混江湖了。

可是我们乐队还没有名字。

大家苦思冥想，都没有好主意。

阿南说：“叫东西南北乐队，把自己的名字嵌进去。”被我们一致鄙视。

麦子说："叫麦丽素乐队。"大家犹豫了一下，好像还不错。

可老罗表示反对，他说："咱们是摇滚乐队啊，不是唱甜歌的。"

大家问老罗："你有什么好主意？"

老罗想了想说："我并没有什么好的想法。"又被大家一致鄙视。

于是我问阿南："你把大家攒到一起成立乐队，有什么目的？"

"并没有什么目的啊。"阿南懒洋洋地拨弄着吉他弦说道。

"干脆叫'并没有乐队'好了"。我说。

"并没有乐队？"

"什么意思啊？"他们疑惑地看着我。

"并没有什么意思，哈哈。"

"太他妈酷了，绝对能够被人记住！"麦子说道。

就这样，我们的乐队有了一个"并没有"的名字。

3
three

自从我们组成乐队，才知道大学里的乐队多如牛毛。

加入这个圈子以来，我发现许多有趣的事情。

比如有许多乐队从没翻唱过别人的作品上来就原创，可是在聚会上经常被人嘘。

原因是其中某一段即将被人听出抄自何处时就立马转调到另一段也令人颇为熟悉的旋律上。我看得颇为郑重的音乐这件事在别人手中其实不过是一件玩物。

“并没有”乐队的成员，也就是我们，一有时间就聚在一起，没歌可练时就听大段大段的吉他 SOLO 打发时间。

我们似乎都逃避到音乐里。

这天把《新长征路上的摇滚》练熟之后，阿南对我说：“写点词吧，咱也该有自己的歌了。”

麦子也笑着说：“我们每天给你伴奏，你这 KTV 算是他妈唱爽了啊，你也该出点力了。”

我说：“好。”

然后从书包里翻出一张纸，其实我早就写好一首——

悬崖

我说爱你

你却布下悬疑

就从那一刻起

命运已不在我手里
慢慢丢失自己
直到我的世界全都充满了你
心就像气球缓缓地升起

难以放弃
不知最后结局
到底是悲是喜
猜不透你心中的秘密
渐渐失去勇气
手心里的硬币翻来翻去
却不能给我确定的讯息

我就像站在悬崖绝壁
背后深不见底
眼前遥不可及
该去向哪里
能去向哪里
只怕再远的奔袭也越不过你我之间的距离
我就像站在悬崖绝壁
周围缺少氧气

不敢再使力气

无法再呼吸

不用再呼吸

最好闭上我的眼睛就能找到我爱你的意义

他们读完惊讶片刻，都说："不错，真他妈不错。"

阿南又说："这是不是太软了，一点也不摇滚。倒像流行歌，一点也不酷。"

我说："你得软的硬的都有吧，先来首软的，做得好照样有人听。你先谱上曲再说。要硬的是吧？别着急啊。"

"你能写？"

"废话，就怕你谱不上曲。"

麦子说："你他妈写好了我们就排。"

"行。"

4
four

宿舍里没有人，我打算铺开纸准备写一下，可提起笔却写不出来了。

突然就没了感觉。

刚刚给阿南他们的那首《悬崖》是我心里想了很久的——

那个时候，我喜欢一个姑娘，喜欢了两年，可是两年来她都没有回应我是否在一起，更意外的是，她对于我的追求也没有明确表示拒绝。

你能想象那种时而充满希望，时而又冰冷绝望的感觉吗？喜欢一个人，希望她开心，不要拒绝我……如履薄冰，小心翼翼，好像行走在悬崖边。

现在回想起那两年，如果没有音乐，我大概根本坚持不下来，不仅无法坚持喜欢一个人，甚至连坚持活下去都会觉得是一个麻烦事。

所以，那首歌词，是我所有的全部的真实的想法。

可是现在，我一个字也写不出。

我的心中没有任何想法，一片空白——总是莫名其妙地出现这种状态，然而我没有办法消解。

文字有其本身独有而神秘的力量，使它根本不听从人的使唤。把几个字排列在一起想表达一个意思，而实际出来的却又是另外的意思，对此我同样无能为力。

我所能做的只有一个字一个字地想，想好了写下来。

用麦子的话说，我他妈也算字斟句酌的文学大师了。

外面下着大雨，我躺在床上翻来覆去，看着窗外灰蒙蒙的世界，不知道该干些什么。塞上耳机，伸手打开 walkman，披头士的《Let It Be》传进耳朵。

歌声雨声混在一起，我的脑袋里乱成一团，好像所有的思绪一瞬间拥挤到一起，但又好像什么也没有。

歌里唱到 Let it be……我摸到了石康写的那本《晃晃悠悠》来看，这本书我百看不厌。

可是翻了几页却又看不下去，此时歌里又唱到 Let it be……

我放下书，想起这句有人译成“让它去”，也有人译成“顺其自然”。

顺其自然吧。

我伸展四肢，在床上躺成一个“大”字形，睁着眼睛听着外面哗哗的雨声，脑袋里忽然思绪奔腾。

我仿佛想到了一些事情，灵感突现，坐到桌前，提起笔一气呵成——

掌心行者

许多人在说
没有人去做
我们做了却又总是错
这就是现实生活
残酷的猛烈的我们无处闪躲

周围冷漠的无法冲破

所有的情绪只剩下失落

愿望许过很多

实现没有几个

好像一切都难以掌握

到处都是枷锁

自己形同虚设

顽强拼搏却又一无所获

当初的想象不是这样的

别再重蹈悟空的覆辙

没有什么可以扬扬自得

最后我们不过是一个掌心行者

这首歌被阿南谱上了相当帅气的曲子，排练后在一次乐队party 上首次公开演唱。

其他的一帮傻鳖乐队都惊呆了，都问这歌是谁写的。

麦子对他们指着我说："词是他妈的这小子，我们主唱写的。"又一指阿南，说："曲是我们吉他作的。怎么样？都他妈不错吧？"

一时间我们在学校里声名鹊起，有多个乐队来找我写词。

阿南偷偷对我说："随便弄两句把他们糊弄过去就算了，

好歌留着咱们自己唱。”

我的回答是：“废话，这还用你教我。”

于是我给别的乐队写的词多是“这个世界真他妈混蛋，弄得我如此茫然”“我怎么会如此郁闷，活得鬼不像鬼人不像人”之类，这些都是我上厕所时随手划拉的。

可是那帮乐队竟无比满意。

以后的聚会上我总能听到我自己写的歌词，然而就是那些厕所里弄出来的歌词让我觉得真实无比。

5
five

五四青年节临近，学校里要举办一场歌曲比赛。

在这样的活动上，民族唱法会博得领导欢心，如果你会美声，那基本上就可以锁定三甲了。然而那些歌曲，不过是《我爱北京天安门》一类。

阿南得到这个消息后兴奋异常，激动地说咱们乐队终于有出头之日了。

麦子打击他说：“你他妈也不看看咱们的歌，能让你上嘛。”

阿南说：“咱们重新写一首，罗大佑那样的行不行？——你行吗？”他看向我。

我只好说：“行啊，怎么能不行呢。”

“就这么定了。回头去问问让不让唱原创歌曲。”

阿南信心百倍。

我们去问学生处的老师，不知道老师是故意跟我们打岔还是压根儿没听明白，我们说完，老师脱口就问：“原创歌曲是哪首歌呀，我怎么没听过？”

我们再三解释，老师依然将信将疑：“你们？自己写歌？”

“对。”

“能写出来当然就可以上。”

“没问题。”

后来又出现了一个问题，报幕员要说某某班谁谁来唱某某歌曲，而我们坚持要求说“并没有”乐队来唱某某歌曲。

乐队名字引得学生处的老师大笑，我却觉得很尴尬，好像自己心爱的玩具被人嘲笑为弱智。

最后，争执的结果是某某班的“并没有”乐队来唱某某歌曲。

阿南催我说：“词快点出来啊，还要排练呢。”

“着什么急呀，下午就给你。”

中午我再一次躺在床上，放着《Let It Be》，等着灵感砸在我的头上。左等右等也不出现，我有点急了，不知怎的竟翻箱倒柜一副忙于寻找什么的样子。

可我在寻找什么？然而一直在寻找。

我随手在抽屉底部拿出了一本高中毕业时的同学录，翻看了上面简单纯真的话，竟感慨万千，脑子里各种词句喷薄而出，纷纷蹿到我的笔尖下一见天日——

远方有没有好风景
散落眼前蓝色的心情
我们在唱歌谁在听
谁的呼喊没人回应
风里的梦像梦里的风
匆匆而去不留踪影
而记忆中却留下谁的名
窗外的流光闪烁不定
指尖的时光一直不停
点滴都是过往的曾经
谁的笑脸像夕阳红
谁的眼睛被泪水迷蒙
走在街上竟像孩子一样懵懂
谁沉在回忆里不愿醒
谁说着语无伦次的叮咛
谁在飘荡中寻找安定

谁丢了青春泪眼朦胧

阿南谱上曲以后效果出奇的好。

排这首歌的时候麦子突然一下子就哭了。

他边抹眼泪边说："这他妈太让人感动了。"

问他为什么哭，他说："我想起了以前好多事情，在桌子上刻下我和我喜欢的女生的名字，踢球时进了球大家抱在一起，晚上不回家我们一帮人在大街上游荡，坐在马路边上唱歌……我他妈全都忘不了，当时觉得这没什么，可现在想想，以后没有了，全没有了！"

我们被他说得唏嘘不已，老罗狂敲了一通鼓之后说："行了行了，练起来了练起来了。"

阿南抱起吉他，叹了一口气，思绪万千。

我们不知疲倦地一遍又一遍地唱着，我每听一遍都感觉像第一次听，恍恍惚惚仿佛回到了麦子说到的那些事情的现场。可我知道，那些已经过去了，不会再有了。

练完歌，回宿舍的路上我想，到时候等着大获全胜吧！

然而歌唱比赛的结果却有些出乎意料。

由于我们是原创便把我们放在最后做压轴。于是我们在欣赏了诸多类似于"我爱北京天安门"之类的歌曲之后闪亮登场。

“并没有”乐队的名字惹得哄堂大笑，但我们一出场便鸦雀无声。

在我一段悠扬的口琴之后阿南等三人开始演奏，我开始唱。我喜欢的姑娘就坐在台下，我一直看着她的眼睛唱，到后来泪水竟然模糊了我的双眼。

唱完，之后又是一段忧伤的口琴做结尾。

当时全场都愣了，一分钟之后才有些动静，底下居然有人喊：“这是你们自己写的吗？”

评委迟迟不给分使得场面有些失控。底下有人叫好也有人起哄。

叫好的说：“这么好听，还不得第一说得过去吗？再说你以前听过吗？”

起哄的说：“没听过就是自己写的吗？万一他要是抄了洪都拉斯国歌呢，我们也没听过！”

而我们在台上，有些不知所措。

最后也没有打分，我们就被请下台，下去的时候我清楚地看到麦子竖起中指面对台下，然后说了一句骂人的话，实在难听，我就不复述了。

我们没有拿到一等奖，甚至都不在正常排名之内，只拿了一个安慰性的最佳演奏奖。奖品是一个笔记本。

阿南拿到笔记本徒手撕成两半。

6
six

这让我发现了这个世界的另一副样子：很多努力到最后的结果就是没有结果。

对此，谁也说不出什么。一句“他妈的”没有任何作用。

之后再次合练时，大家的热情明显大大降低，阿南的吉他居然弹着弹着断了一根弦。

“嘣”的一声余音不绝，仿佛有一种挣脱的快意。

而我更加失望，合练时我唱都不想唱了，只是拎了筒啤酒靠着墙坐在地上听他们演奏。

沉默。

不发表任何意见。

散伙的念头在我心中不时闪现。

再次参加 party 时我们的乐队不再风光无限，坐在台下抽闷烟喝闷酒，看着台上几个傻 × 制造噪音。

正坐着，忽然有一个穿西装的男人来和我们搭话：“小伙子们，听说不错呀。‘并没有’乐队，有个性！”

我们以为是卖摇头丸的，都保持警惕不说话。

西装男笑了一下说：“我是一个酒吧的经理，听说你们词曲唱都不错，想请你们到我们那儿驻唱。”

阿南一听，来了精神：“说说看，说说看。”

西装男把时间地点报酬都说了。

几个人都表示赞成。

他们问我，我说：“反正我们那些歌阿南也会唱，没有口琴也没关系，要歌词就来找我要好了。”

阿南眼中黯淡了一下，转而对西装男又说：“好，就这样。”

西装男人走时留下一个任务，一星期内至少排出五首新歌。

阿南对我说：“咱已经有三首了，你再写两首吧。”

我忽然间有很多话想说。

“现在有纸笔吗？我现在就有感觉。”

阿南惊奇地看了我一眼，从包里掏出纸笔放在我面前。

我把小桌上的酒瓶烟盒推开，拉开架势写起来——

不知道怎么办

我的感觉只剩茫然

所有的理想所有的追求都是扯淡

还有什么能不顾一切地灿烂

我等着它出现

我像瞎子一样什么也看不见

突然发现活着无比艰难

人这东西还真犯贱

给自己找了那么多永远解决不了的麻烦

我感觉不到温暖

所有的都和我说再见

我伸出手却发现一切是那么遥远

我困在水中间靠不了岸

我到了另一端躁动不安

都变成了碎片

模糊了我的双眼

写完递给他们，我看了一眼表说：“时候不早了，我先回了。”

“并没有”乐队成立以来第一次有人单独行动。

我一个人走在校园里，离举行 party 的礼堂越来越远。

我觉得我在脱离这个圈子。

摇滚圈子是一个怎样的世界啊，难道就是一群人留着长发叼着烟穿着奇装异服抱着乐器唱着狗屁不通或顶多刚通的歌词制造着噪音？一定不是这样的……

我以为音乐的世界是纯净的世界，可是我错了。

他妈的，我还有什么是对的！

他们一个个目光迷离昏昏欲睡，与我所想象的激情、自信、感动、真诚的摇滚相去甚远。

想到这里，我更加坚定了退出的决心，除了给我们的乐队写写歌词以外。

到了家，我躺在床上睡不着。因为我又变得不知该干些什么，而且心里一直充盈着刚才写完词之后的那种直白的宣泄的快感，正兴奋着。

然而想想我自己却有些泄气。人也得像个气球一样总得有东西撑着才可以存在。可我能干什么呢？我什么都没有，我身无长物，只是一个学渣。呵呵，能干些什么？

“并没有”乐队离我越来越远，大家偶尔凑在一起聊两句，阿南有时也催我写个歌词，但我一直没兑现。

快要考试了，事关专业甚至将来的职业选择，我很想问问我喜欢的那个姑娘打算报什么专业方向，可是她刻苦学习的样子令我不忍心多打扰。

我有时想想考试、想想未来也会挺害怕，但是过不了一会儿就又不想它了。

心中时常响起的还是披头士乐队的那首《Let It Be》。

顺其自然。

我不再想怎么办，也不再想这样子还有没有希望。

因为想再多，也并没有什么用。

并没有什么用。

03　王老吉的毕业季

从论文答辩到毕业典礼之间这段时间学校里都没什么事。同学们都在学校玩，每天都和不同的圈子吃不同规模的散伙饭，男生们的酒就好像没醒过。晚上大家就去宿舍楼间的小广场上摆摊，和所有女生不管漂亮的不漂亮的都在一起聊天吃冷饮，跳蚤市场散了就回宿舍冲个凉，继续喝酒、打牌、玩游戏。

可是这最后的狂欢李冉一天都没赶上。大四下学期他就像提前毕业一样跟学校没什么关系了，除了回去答辩、拿毕业证。就这两次还都是急匆匆的，当天赶去当天又回来。

寒假一结束，李冉的工作基本就定了下来，去石城晚报做了专刊记者——当然是从实习记者做起。李冉所在的商业版组只有他一个记者，主任是个只会吹牛、喜欢教训人、官僚作风严重的中年男人，每天很晚到单位，到了之后打打电话，联系联系客户，然后就无所事事了，剩下的时间就对着李冉讲大道理，阐述他的“媒体理念”。他还喜欢加班，没什么事也要很晚下班，以向领导表明自己总在辛苦工作，所以他也天天拉着李冉加班。

他们这个每周四出刊的商业专刊有四个版面，从采访写稿到组稿定版，都是李冉一个人完成，主任也就是指指点点，陪着加班。

所以李冉一点自己的时间都没有，每天在单位时间超过十二个小时，就连回去答辩、拿毕业证请假都很困难，每次李冉一请假，主任就会说："稿子准备得怎么样了？把四个版的稿子备齐交给美编再走。"

偶尔和学校的同学们打电话，他们都很羡慕李冉的工作早早搞定，但是李冉心里觉得非常遗憾。他没有参加毕业典礼，没有拍毕业照，没有吃那顿最大规模的散伙饭，没有来得及跟很多人道别——也许有些人这辈子可能就再也见不到了。四年的时光如今却没有一个完美的结束可供回味。

所以，毕业典礼结束之后，李冉就开始抽空给星散到各地的同学打电话——聊聊工作，像在学校那样闲扯笑骂几句，然后向大家要毕业前这段时间的照片。

四面八方涌来的照片源源不断地出现在李冉的邮箱里。他看着照片上青春飞扬的笑脸还有熟悉得不能再熟悉的背景，心里又是羡慕又是伤感，又是后悔又是遗憾。

最后，李冉给同宿舍的老三打电话。

“照片？你怎么不找王老吉？你应该找他。他手里的照片最全了，临走两天他没干别的，就拿个移动硬盘到处复制照片了。”

“王老吉？我不想找他。”

“王老吉”是他们给同宿舍的王吉起的绰号。

他与李冉都在石城晚报，他在发行部。作为新人没有人脉资源，没有办法一开始就独立上手，发行工作只能由前辈带着。所以王老吉的时间很充裕，毕业前那段时间他请了一个礼拜的假，一直泡在学校。

寒假刚结束时，王老吉也来到省城找工作，没说的，自然是住在他上铺的兄弟李冉家。

住进来的第一天，王老吉与李冉的父母相谈甚欢，亲亲热热地叔叔阿姨叫个不停，李冉父亲刚抽出一支烟，王老吉点着的打火机就已经在旁边候着了，李冉母亲一个劲儿地夸他，说这孩子懂事又乖巧，要李冉向人家学习云云。

晚上吃完饭，王老吉又到厨房帮忙刷碗。

李冉说：“王老吉，差不多行啦，原来在宿舍什么样就什么样吧。我看着都替你累。”

李母说：“李冉你不要总是叫人家绰号。你们都是要工作的人了。”

王老吉站在一旁，讪讪地笑。

李冉看了他一眼，没有说话。

过了一段时间，王老吉找到了住处，就从李冉家搬走了。

爱唠叨的李冉母亲依依不舍地送走了懂事又乖巧的王老吉，与李冉聊天的一大主题就变成他。

“你看小王多懂事，你要向人家学习。”

“你要是有小王一半，你的工作早就找到了。”

“到了工作单位，你多想想小王是怎么待人接物、说话办事的。对你没坏处。”

听得烦了，李冉就说：“我都跟他住了四年了我还不知道他。你才跟他住了四天，晚上还没睡在一起。我可是天天看他上床睡觉。”

去石城晚报应聘时，李冉才知道王老吉也报了名。

李冉问：“你报的什么部门？”

王老吉说：“发行。记者没敢报，怕竞争不过。现在看见你，幸亏我没报。要不就没我的事啦。”

李冉心里稍微松了一口气，说：“王老吉，你原来不是这样的啊，跟我就别来这套啦。我都跟你睡了四年啦。”

说完自己笑了起来。

王老吉脸一红，没有说话，眼睛看向别处。

应聘结果出来，李冉与王老吉都如愿以偿，王老吉去了发行部，被分到一个发行站，跟着师傅先送了一个月报纸；李冉进入采编部，却被分到了商业专刊，每天面对陌生的商业数据，枯燥的销售业绩，千篇一律的公关通稿，长长的客户名单，一切从头学起，又要独力承担四个版的采写、编辑，做得很辛苦。

进入报社不久，李冉他们这批同时上岗的新人搞了一个小聚会。

大家坐定，王老吉给这个添完茶水又给那个点烟，饭桌上属他最忙碌。

大家一边喝酒一边聊天，问问这个，谈谈那个，一开始大家都七嘴八舌对着全桌人说话，慢慢酒喝得差不多了，就分成了一组一组，和身边的人谈笑。

其他部门都有两三个新人，商业专刊部只有李冉一个。大家都和自己部门的同事聊起来，李冉只好低头吃菜，闷头喝酒，默默抽烟。

坐在李冉对面的王老吉和身旁的发行女同事聊得兴起，不时一阵笑声。

李冉忽然叫道：“服务员！给我来一罐王老吉！”

王老吉下意识地抬头看李冉。

李冉笑说：“王老吉，你要不要也来一罐王老吉？”

满桌哄笑，说："王吉，原来你还有这么个名号啊。"

王老吉涨红了脸，对旁边的姑娘说："他喝多了。你们别听他瞎说。"

李冉说："你别总是跟女同事聊天呀。你是不是有什么想法啊？我知道你可是没什么经验，大学四年你都没谈过恋爱。"

饭桌上的气氛重新又热烈起来。这些刚刚离开学校不久的年轻人又谈起了校园生活，说着各自的校园趣事，王老吉涨红的脸也慢慢恢复如初。

吃完饭，大家往外走时，王老吉悄悄走到李冉身边说："李冉，以后在同事面前不要喊我王老吉。让别人听见不好。"

李冉说："有什么不好？我都喊了四年了。"

王老吉说："那是在学校嘛，在单位毕竟不一样。"

"有什么不一样？你也可以继续叫我老李啊——你现在也不喊我老李了，一口一个李冉我听着真别扭。我都快不认识你了。"李冉气呼呼地说。

"反正你就是别喊了。以后你只有喊我王吉我才答应。"王老吉也很坚决。

"你他妈的真是变了。"

李冉说完，蹬上车子就走了。

拿毕业证的时候，王老吉给李冉打了一个电话。

“我请了一个礼拜的假。现在在学校呢。你的毕业证要不要我帮你带回去？”

“不用，我自己去。”李冉说。

他确实还想再回学校看看。可是发毕业证那天恰好是周三，第二天李冉做的商业专刊就要出报，他原本打算请两天假的想法也落空了，学校又出新通知要求领取毕业证必须本人签字，所以他当天赶回学校，当天又急匆匆地赶回来排版、校对。

这个“业”李冉“毕”得没滋没味，只好忙里偷闲看同学们的照片来满足一下。

没有了写论文、答辩这些借口，工作必须全力以赴，否则报纸上李冉名字前面的“实习记者”变为“记者”就又要延后几个月。

李冉明白这个道理，不敢懈怠，每天出去采访，回来写稿，虽然面对的依然是自己不喜欢的内容，但是李冉心想，我总要把我每晚打车回家的钱挣回来吧——李冉基本每天从报社出来，都会错过末班公交车，他只好打车回家。

在大街上看到报社的投递员，李冉偶尔也会想起王老吉。心想：“不知道这家伙怎么样了。”

大概过了两个月，一个消息在报社的新人中开始流传——

报社要和大家签约。李冉心想，老子都来了半年了，三个月试用期早过了，早该跟老子签约了。

一天中午，李冉的手机响了。接通，是王老吉。

“哈，王老吉！你还活着哪？怎么样啊？还每天送报纸哪？”

李冉对自己会用这样的语气有点奇怪。

电话那边没说话。

“不是吧，电话里我喊你王老吉你都不答应了啊？”

王老吉说：“对。”

李冉有点生气，板起面孔一本正经地说：“王吉，你好。请问你有什么事？”

“你听说了吗？报社要跟咱们签约了。”王老吉倒是很兴奋。

“早该跟老子签了。”李冉懒洋洋地说。

“嘘……你小声点！签了约就接收档案了。咱们抽空回学校一趟，把档案拿回来吧。”王老吉说。

“你倒是好请假，我可没你那么幸福——再说了你总得等确切消息出来吧，万一你拿回来没签怎么办？”

“对对，你说得对。那等消息出来我再给你打电话。”

李冉挂了电话开始写稿。

晚上下班的时候，王老吉又打来电话，声音里掩饰不住兴奋：“老李！我们站长通知我啦，这批签约的有我！你准备一下，请个假咱一起去吧！”

李冉心里一惊：“我还不知道有没有我呢。”

“哦对。你去问问，去问问。一会儿我再给你打电话。”

李冉心里有点乱：万一要是没有自己怎么办？也不知道报社是什么标准，我干这半年行不行啊？连王老吉都签了我应该也差不多……

李冉一边想一边向电梯走去，他准备去人事部问问。

电梯旁的公告栏已经贴出了通知，胶水还没干，也就是刚贴上。

李冉装作漫不经心地扫了一眼。“哈！有我！”顿时脚下有了劲儿，一路小跑奔回办公室，找主任请假。

“主任，报社贴出通知，要跟我们签约，我请个假，回学校把档案拿回来。”李冉说。

“你都毕业了怎么还跟学校有关系？”

“毕业生档案可以在学校保留一年。我毕业的时候报社还没签我，我就在学校放着了。现在得拿回来啊。”

“稿子备得怎么样了？”主任问。

李冉说：“我……差不多了。我明天上午一早去，中午就能回来。不怎么影响的。”

主任说：“我考虑一下吧。你先去写稿。”

李冉偷偷瞪了他一眼，转身离开。

这时手机响起。

“怎么样？有你吧？”是王老吉。

李冉沮丧地说：“有我是有我，可是我们主任不批我假啊。他说要考虑考虑。”

王老吉说：“你们主任是谁？付主任吧？我给他打个电话试试。你先挂了电话等我。”

过了一会儿，李冉就听到主任屋里面的座机响起。

“你好，哪位？是小王啊？有什么事情？”

“……”

“是这样啊，你帮他带回来不就行了？”

“……”

“还要自己签字？那好吧，我找他谈一下。”

“……”

“哦哟，你不要这么说，李冉怎么能跟你比，你又踏实又稳重……”

李冉在外面听得莫名其妙。这俩人什么时候这么熟悉的？王老吉这小子到底说的什么？

正想着，李冉听到主任叫他。

“小李啊，我考虑了一下，也了解了一些情况，我准你这个假……”

“谢谢主任！”

“不过你要快去快回，不要耽误工作。”

“好！”

“另外，发行部那个王吉，跟你是同学？他说他跟你一起去，还说你跟学校的老师比较熟。你要帮他弄好啊。”

李冉狐疑地说：“好，您放心。”

第二天，李冉与王老吉坐上了去往保城的火车。

两人并排坐着。李冉竟然一时找不到什么可聊的话题。倒是王老吉，面色红润，欣喜兴奋。

火车飞快地行进，李冉沉默了一会儿，说：“你怎么跟我们主任说的？”

“我就说必须得是自己签字才能提档案，还说你原来是学生干部，跟老师们比较熟，我跟你一起去，这事好办。”

“你怎么跟他那么熟？”李冉的重点在这里。

王老吉笑笑说：“人家是领导嘛。咱是新来的，跟领导搞好关系不吃亏——甭管什么领导。”

“你他妈的真的变了。”

王老吉的眼神黯淡了一下，扭头看着窗外飞驰而过的平原，不再说话。

李冉心里像是放电影一样，一幕一幕都是从前的影像，仿佛身边坐着的是一个陌生人。

下了火车回到学校，两人又开始说话。

“一会儿去食堂吃个饭吧。”王老吉说。

李冉看了他一眼：“你又没饭卡怎么吃。”

“去小厅，交现钱。”

“还是先去办正事吧。”

两人说着到了办公楼。看到很多老师，两人都笑着打招呼。

就业指导中心是一个大办公室，他们环视一圈，王老吉问：“老师，你好。高老师在吗？我们来提档案。单位要签约了。”

“哦，高老师有事出去了。”

王老吉回头看李冉。

“给他打电话。”李冉说。

“喂，高老师吗？我是您的学生，王吉。”

“你什么事？”电话那头说。

“我们单位要签约了，我们来提档案。”

“我现在在火车站，正买票，一会儿出差去东北。”

“啊？我们好不容易请了假……”

“谁让你们不提前跟我联系！”对方打断王老吉，说，“就这样吧。”

李冉抢过听筒，急忙说：“高老师我是李冉。您几点的火车？您能不能赶回来一下然后我们打车跟您一起回火车站，我们也急着走。就请了半天假。”

“你这个学生怎么这样！我说了这边忙着呢，怎么这么不懂事！你们下次再来吧！”

“高老师你不能这么说话啊，您要是能赶回来就帮我们一下。您发什么火，谁招您了？”李冉心想，反正毕业了你也管不着我，你在这儿给谁摆谱呢。

“你这学生怎么说话的！我倒要跟你单位说让他们考虑考虑到底要不要签你！”

“你……”李冉话还没说完，对方电话就挂了。

王老吉在旁边神色紧张，问：“怎么样？”

李冉说：“今天拿不到了。”

“你不该用那么差的语气跟他说话。”王老吉小声埋怨李冉。

“他给谁摆谱呢！你瞧瞧他说话那样子，现在老子不归他管了！”李冉气冲冲地说。

周围的老师都抬起头看他们俩，也没人问是怎么回事。王老吉赶紧推了李冉一把：“先出去再说。”

“现在怎么办？”两人走在熟悉的校园里，看着身旁来来往往的学弟学妹，王老吉问。

李冉东张西望，好像看不够似的，说：“先逛逛然后去食堂小厅吃饭。”

王老吉明白了，说：“老李，看来你是真没变。”

李冉扭头看了王老吉一眼，笑了起来，叫道：“王老吉？”

王老吉也笑起来，踢了李冉一脚：“快走吧，一会儿小厅没饭了。”

两人与下课的学生一起涌进食堂。李冉心里有点酸酸的。坐下之后，还没点菜，他就要了十瓶啤酒。

王老吉说：“老李，吃饭为主吧，下午还得坐火车呢。”

“散伙饭我没赶上。虽然咱俩散不了伙，可是今天我还是要跟你好好喝喝。”

李冉与王老吉两个人还像学生那会儿一样，点了土豆丝、花生米这几样吃了四年的下酒菜。端起酒杯，举起筷子，两个人又变成了无话不说的好兄弟。

王老吉说：“你老说我变了我变了，其实我也不得已啊，你在报社守着家呢，我呢，每月我得考虑房租，我得吃饭，找个工作不容易……”

李冉打断他说：“我知道，我知道。可是我守着家有什么用，你看我每天做的都是什么，什么狗屁商业，那是个记者吗？我干的是记者干的活吗？”

王老吉也说：“我知道，我知道。我知道你有理想。”

李冉又打断他说："你知道个屁。我什么想法也没有，我就想天天叫你王老吉。你赶紧喝酒王老吉！"

这顿饭，李冉与王老吉像以前一样喝了很多酒，说了很多话，回忆了很多上学时的岁月，说起了很多漂亮的姑娘，他们忘记了时间，忘记了工作，完全沉浸在过去的美好之中。

王老吉说："我们总是在学校里闲逛，看漂亮姑娘。"李冉说："我们还去湖边霸占着情侣椅蹲在上面抽烟。"王老吉说："你总是在楼道里大声唱歌。"李冉说："让你跟美女说个话你都脸红……"

说到这些，王老吉笑了起来。

李冉也笑了起来，他把手上的烟头用中指一弹，烟头飞出去打在墙上，燃着的烟丝瞬间散开。这个动作他们做了四年，有时候站在二楼的阳台把烟头弹到楼下路边的垃圾桶上，有时候在自己宿舍弹到对面宿舍的门上，有时候在校园里走着随便弹到哪棵树上，有时候偷偷弹到前面正在走着的美女脚下看她被吓一跳，有时候用中指弹，有时候用食指弹，他们说那燃着的烟丝瞬间散开特别好看，他们管这叫弹烟花。

只是不知那烟花熄灭之后，他们的青春该何去何从？

04　乞丐的文学梦

某天夜里做了个怪梦，梦到自己长大变成了乞丐，梦境真实得就像在回忆自己的一段经历一样——

我是一个乞丐。

经过我身边的人总这么叫我，他们常常还加上一个“臭”字，叫我臭乞丐。

可我抬起袖子闻一闻，一点也不臭，而且我也不承认我是乞丐，这是别人的理解。不是我的。

准确地说，我是一个零，一个零，就是什么也没有。都说张开了双手你就会拥有整个世界，可是我整天整天地张开着双手，拥有的不过是粘满污垢的硬币。

不要说整个世界，就是眼前的这座城市都不属于我，甚至不接受我，就像梵蒂冈在意大利国土之中一样，在这个城市里面，我也有我的空间，要不然那些人们何以见了我就绕着走开呢？

我还是一粒尘埃。飘浮着，进退全不由自己。就像尘埃随风而动一样，吹动我的风就是人群密集、商业繁华、有着许多车位的地方——因为人们在交完存车钱之后总有留之无用、弃之可惜的硬币。

这其中不乏有那么几个心灵未曾全被黑暗吞噬掉的人，会把硬币丢给我。

一粒尘埃，呵呵，有意思，我的许多有文化的同行都这么说自己，以前我也这么想，可现在不了，现在我已尘埃落定了，我是一个有家的乞丐。

我的老婆孩子都等着我的一点所得来过日子，但你千万别以为我的所得会有多么丰厚，因为有许多昧了心的人明明能干别的却偷懒来当乞丐，抢我们饭碗。不，不是当乞丐，是骗子，致使我们这些真乞丐也被认为是骗子，收入大跌。

我一直以为乞丐是必须存在的，就像自然界中不可或缺的分解者一样，而据我所知，许多分解者就是寄生虫，和我们乞丐一样，而且，没有我们乞丐，那些爱心该如何表演呀？

也许会有人问我："这么说来，你是从一开始就打算当乞丐了？"不是的。我也有过梦想。当初上学的时候——千万别奇怪，这年头把人逼得当乞丐都不能当没有文化的乞丐——当初上学的时候，我总喜欢写写画画，还有一个比我更白痴的兄弟，成天研究现代、后现代之类，研究的都大脑短路找不着北了，整天郁闷得和卡夫卡、王尔德有一拼。

我当时还笑他这小子真他妈白痴。可是很快我就发现我们俩一样白痴，因为我们都想当一名作家。就是那种坐在家里动动笔甚至动动嘴就有饭吃的人。可是随着岁月在我们指尖划过，这个梦想破灭了。

我曾经有过许多梦想，就不一一列举了。

若干年后才明白，梦想之所以称为“梦”想，就因为它无法实现。

也明白了为什么有个词叫作“理想泡泡”，当那些梦想还在的时候就像肥皂泡泡一样在我眼前，被太阳照着，五颜六色，色彩缤纷，让我们觉得世界真美好。可是当梦想一一不能实现、泡泡一一破灭之后，才发现那个曾让我们感到五彩缤纷的太阳是那么刺眼。

在我正式成为乞丐之前，我给从前与我有着同样梦想的兄弟写了一封信。

可是若干天后，信被退回来，说查无此人。

我打了个电话过去才知道，那兄弟每天写作不吃不喝，被人当精神病送到医院去了。

我知道他是在努力实现梦想，却被当成精神病了。而我呢？寄出去的信无人查收，这个世界已没有了寄放梦想的地方。也难怪那兄弟被当成神经病。

当乞丐总比被人当神经病好，于是我把信撕碎，面对人群认真当乞丐。当天有微风，把信的碎片吹到了旁边的墙角里，没有四下飞去。一个一直看着我的小孩子走过去把碎片捧了过来，小心翼翼地放到我面前的破茶缸里，说：“叔叔，你的东西。”

我说：“已经烂了，不要了。”

小孩子天真地望着我说：“粘起来不就好了？”

一瞬间我的眼眶湿了。不知说什么好，却担心这孩子心里总吹起这种泡泡，万一以后也当了乞丐该怎么办。

正想伸手抚摸一下小孩子的头，却被一个花枝招展的女人呵斥一句：“干吗？脏手别碰我们家宝贝。”

得，谁叫我是乞丐呢。

我面前的破茶缸里没有硬币，只有一堆写满字的碎纸片。

过了一会儿，一帮小学生过来了，见我如此，以为我是不要钱的傻子。一帮人齐声念叨着“大傻子大傻子，不要钱要废纸”，围着我转了好几圈，最后其中一个将一张报纸团巴团巴扔到我的破茶缸里，一哄而散。

我不知是什么原因，好像是有一点饿了，于是不顾乞丐身份，展开报纸读了起来。

这期间不时有东西做自由落体运动之后的沉闷的响声。

我放下报纸一看，竟然是一个又一个被团成球状的报纸团。

我一想，坏了，再这样下去，不能拿钱回家，孩子吃不上饭我该被老婆骂了。

于是我把报纸一一展平压好，揣进怀里，端起破茶缸，冲过往的行人摇晃着。

晃了一会儿，我的胳膊便酸了。索性听天由命，看着过往的行人发呆。

天色越来越晚，风一阵强似一阵。

此时一位怀里抱着一摞小广告传单的人在急匆匆地赶路，忽然一阵大风吹过，他怀里的传单四下飞散去。

他急忙把嘴里的口香糖一口吐掉，到处去抓传单。

这时候有一个气球从我头顶飞过，刚才那个捡碎纸片的小孩子仰着头锲而不舍，歪歪扭扭的小步伐很是坚定。但我知道，气球和那些传单一样终将飘远，他们都拿不到了。

风起沙飞，迷了路人的眼，一位干练潇洒的小伙子眯着眼一不小心踩到了刚才那个人吐的口香糖，可小伙子一点也没发觉，还是朝前走。脚下却粘了一堆传单。等小伙子发现时已经像拖了一条长长的尾巴。只见他不时停下来揭掉传单，但走一段路还是会粘上许多，总也揭不完。

夕阳已经落山，黑色的夜又准时降临在这个城市里面。就像某些人的心准时被黑暗覆盖一样。

我看了看，破茶缸里的硬币还不够买一个面包。于是我决定行动一下。远远看见一个西装革履的人走过来，我急忙上前一步，双膝跪下，伸出破茶缸，用颤抖的声音说："您可怜可怜我吧。"也许是天太暗，那人一脚踩进了我的破茶缸，我以为他是停下来掏钱，于是连忙磕了个头，继续颤抖地说："您可怜可怜我吧。"那人像是被我吓了一跳，怔在那里没有动作。我有些奇怪，边念叨着"可怜可怜我吧"边抬头看去，借着微弱的灯光，我看到了一张我熟悉的脸。那个人，分明就是我自己。

然后被惊醒。

扭头看看窗外，时间还早，天未亮，仍是一片黑暗。我躺在床上却感觉黑暗在朝我张牙舞爪地逼来，我急忙闭上眼睛。然而闭上眼就会立刻出现自己跪地祈求自己的画面。我睡意全无，但又没有完全清醒，在梦境与现实之间游走。这到底是梦境还是现实？荒诞得像个梦，残酷得像现实。

05 “被”抑郁症的少年

我总觉得，每个人都是孤独的，人与人之间不可能实现真正的交流与理解。

萨特说“他人即地狱”，这大概是孤独到极致的哲人痛彻心扉的感悟。

可平凡如你我，终其一生都在寻找那些臭味相投的人——无论是友情还是爱情。

二十年前，我十五岁，正在上高中一年级。如果没有照片，我都快忘记当时的自己是什么样子了。

说起照片，我从小就不爱照相，别的小朋友大多每年生日都会拍一张照片，我从来没有。我很不喜欢在镜头前被人注视的感觉。直到现在我的照片也非常少。正因为少，我妈妈才很珍视，把那为数不多的照片按照年份编好，放到一大本相册里。

唯独十五岁这一年，照片很多。照片上那个少年，穿着纯白的 T 恤，多数时候呆呆地站着，表情单一，偶尔露出羞涩的微笑，头发很短，眼睛很亮。

其中有一张，是一个漂亮的女生拉着我的手，她脸上是神采飞扬的笑，我像是有些抗拒地在她身后被她牵着，脸上是羞涩而不知所措的笑。

十五岁这一年的照片都是这个女生帮我拍的。她叫丁语默。

那是在香港回归前夕，我所在的高中接待了一个“香港—大陆传统文化交流团”，一队香港中学生一路跋涉来到这里，丁语默是他们的学生领队。而我，是接待方的学生领队。

做这个领队非我本意，是在学校安排下我“不得已”做的。因为活动的主要内容是传统文化交流，安排的行程自然少不了书法欣赏、民乐演奏、古迹参观之类的。当时我对传统文化很感兴趣，阅读了大量相关的课外读物，在同学圈子里也算传统文化小达人。从小养成的练习书法的习惯也一直未辍。我的考试成绩虽然不好，但是杂七杂八的知识倒是知道不少。因为这个缘故，我便做了接待方的学生领队。

然而这个所谓领队，却给我带来了不大不小的困扰。在这样一所重点中学里，所有人都在拼命学习，所有荣誉或者露脸的机会也都属于好学生，而我，无论从哪个方面来说，都算不上好学生，不过是有一点自己的爱好而已。

这让本来就没有什么存在感的我几乎被孤立起来。而老师们突如其来的关注也让我很不自在。

港方同学到来之前，几个核心同学不再上课，很多七七八八的领导、老师对我们进行培训，从餐桌礼仪到港岛今昔，又是讲座又是看电影，如临大敌。那些被按在教室里上课的同学们看我的眼神让我在那个夏天甚至有一点点凉意。

1997年，我们这个北方小城还很闭塞，我抱着好奇的心态，等着香港同龄人的到来——那些与四大天王还有古惑仔同一产地的中学生到底有什么特别?

与丁语默第一次见面是在我们学校的小礼堂里，我们坐在一边，他们坐在另一边，主席台上是各级领导。我们穿着学校统一买的白衬衣、蓝色运动裤和白球鞋，按照要求正襟危坐。我觉得难受得要命，简直傻死了。香港的中学生们则是穿什么的都有，都背着大大的背包，有的人头上还夹着太阳镜——当时我们叫墨镜。

台上各种领导致各种辞的时候，我们也按照要求鸦雀无声，无论真假看起来都在洗耳恭听，香港那边则是一群人叽叽喳喳地交头接耳，并不时偷瞄“大陆”这一边——当然我也在偷瞄他们——女生无论是否眉眼姣好，看起来都比我们身边的大陆妹漂亮多了，男生看起来活力充沛，还真有几个颇有些古惑仔的风采：圆寸头，肥大的T恤，挂着耳机四处张望。

其中有一个环节是双方学生领队互赠礼物。介绍双方学生领队的时候我第一次听到“丁语默”这个名字。

“静喧语默本相同”，我脑子里第一时间蹦出这句诗，心想，谁说香港是“文化沙漠”？

我按照要求捧出领导准备的礼物：一支普通的毛笔，一套大街上一折叫卖的四大名著礼盒——说实话手捧这些我都感到脸红，而丁语默送我的是一个李小龙的公仔，她说这代表香港精神。

互赠礼物完毕，丁语默大方地伸出手，说：“我的名字叫丁语默。”

她就站在我对面，身上散发着微香的味道，我一下子不知所措，伸出手潦草一握：“我叫何从。”

丁语默随之说的话令我印象深刻，至今未忘：“你的名字听起来好迷茫哦。”我并未理解，她看我疑惑的样子，又说：“何从。何去何从嘛。哈？”说完自己小小得意地笑起来。

而我站在对面，心里想的是，她的普通话怎么会这么标准？

接下来的几天，老师和领导们期待的孩子们热烈交流的场景并未出现，大陆学生和香港学生除了互相观察，仍旧是各自和要好的同学玩在一起。

除了我和丁语默。

我的原因自不必说，本来平时我与那些好学生就没什么交往，可于语默似乎也和香港同学没什么话说。所以她总是拉着我聊天。

“你的普通话怎么那么标准？”我忍不住好奇地问她。

“我爸爸妈妈是大陆移民来的，不过我是在香港出生的哦。可是在家里，还是会用普通话交流，所以从小我就会两种语言，普通话和粤语，是不是很厉害？”

“那你怎么好像不怎么和同学们说话啊？”

“哎，不要提了，我才转来这间学校没多久，人都还没有认清，只是老师说我有大陆的文化背景，才让我做了这个领队。我也不想的啊。”

我心想，原来是同病相怜。

丁语默问我很多问题，让我觉得哭笑不得——

“你们现在还念毛主席语录吗？”

“你们这里有 KFC 吗？”

“金融风暴你知道是什么东西吗？”

“你们国文是不是也要念很多文言文？”

……

我一一作答，她有些失望，说：“原来你们跟我们也没有什么分别。”

我说：“当然啦，大家都是中国人嘛。”

丁语默吃惊地看着我："哇，你说话好像议员哎。"

……

就这样，十几岁的少年很容易就熟悉起来。

参观一个书法展览的时候，除了欣赏挂在墙上的作品，还有现场笔会。

丁语默拿着相机到处不停地按快门。我提醒她说，这没什么真正的好作品，不值得拍，还是省着点儿胶卷吧。

她把相机转过来——那是一个数码相机，当时我却不知道——对我说："这是数位相机啦，不用底片的。"

我忽然有一种挫折感，印象深刻，至今我仍习惯把数码相机叫作数位相机，恐怕和这挫折感不无关系。

我转移话题，给丁语默介绍一幅幅作品，告诉她这一幅是学颜，那一幅是学柳，那边那个是临碑。

丁语默一边听一边点头，还掏出一个可爱的小本子不停记录。

我说："你这是干什么？"

"我们回去还要写一篇文章啊，很烦人的。"

"没关系，我可以写信给你啊，到时候。"

很快，作品看完，笔会开始。我也被要求写几个字。丁语默在旁边说："你写一张送给我啊，我带回去留念。"

我略一想，提笔写下“静喧语默本相同”几个字，题好上下款。丁语默在旁边一字一顿地念出来，很惊喜地说：“啊，还有我的名字！不过这是什么意思啊？”

我把整首诗念给她听，解释了其中意思。她若有所思地说：“好深刻！你说话好有禅意。”

我笑笑没说话，刚刚数码相机带来的挫折感一扫而空。丁语默则拿起那幅字，非要和我合影留念，我本能地拒绝了。她则把相机递给她的同学，拉着我说：“过来啊，你抓着那一边，我抓着这一边，我要和大书法家合影留念嘛。”

我伸出左手捏住字幅一角，右手背在后面，丁语默右手捏住字幅另一角，左手很自然地搭到我的肩上，歪着头靠我很近，她头发上是淡淡的香味，我心里忽然一紧，脸上有些发烧。

照片拍完，我赶紧撤到一边，看着大厅里叽叽喳喳的人们。丁语默则拿过相机翻看刚刚拍摄的成果。

忽然她说：“何从，你脸红了哎。你好可爱！”

我不知道该怎么说，脸上似火烧，便转身去看墙上的一幅字。

然后是民乐欣赏。在音乐厅里，丁语默坐在我旁边，同样是拿着相机乱拍。过了一会儿，她说：“早知道有这项活动，我就带一套礼服来啦。来听音乐会穿成这样真失礼。”

我没说话，心想，听音乐是用耳朵又不是衣服。

音乐会开始，是二胡独奏《二泉映月》。悲悲切切的声音顿时让我陷入一种不能言说的忧伤境地。丁语默则迷茫地说：“何从，这支曲子表现的是什么啊？”

我把瞎子阿炳的故事和这音乐的内容向她一一道来，听到最后，她的眼里竟泛起泪光，我赶忙安慰她说：“不过是一首曲子，不至于的。”

接下来是《金蛇狂舞》，我对这曲目安排感到很无奈，刚刚还是低沉的忧伤，紧接着就是奔放的欢乐。丁语默听了一会儿，兴奋地说：“我好像听懂了呀！是在说一群人很高兴，对不对？”

我心里暗自佩服她的领悟力，点点头。

片刻，丁语默又说：“太吵啦，给你听这个。”说着她从包里掏出一个 CD 随身听，拿一个耳机给我戴上，另一个戴在自己耳朵上，按下“PLAY”键。

平心而论，那粤语歌旋律真的很好听，只是左耳是流行乐，右耳是民乐演奏，再加上刚刚从《二泉映月》直接跳到《金蛇狂舞》，我心里的情绪实在是混乱，而丁语默在旁边看着台上的演奏，摇头晃脑听得津津有味。

去寺庙参观的时候，丁语默特意换了一件素净点的衣服，把头上的发卡都摘了下来。

进到寺里，她也只是跟着我到处走到处看，不拍照片，很少说话。

我以为她不喜欢，问道："你怎么不拍照片？"

她说："在这种地方是不能拍照的。镁光灯会破坏古迹，另外惊到满天神佛可不好。"

我心里笑她迷信，说："没关系的。"

她很虔诚地说："不能这样！你知道吗？今年香港金融风暴，楼市缩水，股价大跌，很多人都跳楼或者自缢了。香港报章上还有社区里就有很多介绍佛法的文章还有聚会，教人们缓解压力。很灵的。"

"你们还信这个？人要相信自己的。"

我一边回答一边琢磨她把上吊说成自缢，觉得很好玩。

"当然啦。在这里我心里才觉得安静很多，可以想些事情。其实这几天来我感触蛮多的。比如前天你写书法，我就觉得好看是好看，不过现在电脑软体很发达，在电脑上很快就能做出各种字体，还能复制，你又何必要自己动手写？"

我一时语塞，不知如何回答，就胡乱说："和你相信满天神佛的道理差不多。"

丁语默似懂非懂地点点头。

很快转完整座寺院，出了山门，丁语默又活泼起来，硬要拉着我照相。我反问道："怎么现在又可以照了？"

“对啊，现在已经出了神佛的地盘啦！”

我坚决拒绝，退到一边。她找好有利位置，走到我身边拉起我的手说：“过来啊！”

我往后退她向前拉，她同学帮她按下快门。那张令我印象深刻的照片就完成了。

很快，这个活动接近尾声。很多人也都成了好朋友，分别的时候自然弥漫着伤感。

可是丁语默还是那么高高兴兴，神采飞扬。

我把裱成卷轴的那幅字递到她手上，她开心地说：“谢谢！”

然后众目睽睽之下，张开双臂抱了我一下。

我突然感觉周围一下子安静了，似乎有无数双眼睛盯着我。

丁语默笑嘻嘻地看着我，说：“喂，你怎么啦？”

我的脸一下红到耳根。

丁语默似乎也觉察到什么，笑了一下转身上了大巴车。

她上车后拉开车窗，看到我站在那里脸红红的，她脸上恶作剧般地一笑，故意大声说：“何从！我喜欢你！记得你说的话啊，给我写信！我也会把照片寄给你！”

她话说完，车下我的同学都很奇怪地看着我，我好像被示众一样无地自容。

车子启动的瞬间，我抬起头，看到丁语默戴着耳机，头靠在车窗上，好像身边的一切都与她无关。

我的生活重归于平静。这次作为领队，我的表现中规中距，也没给我带来任何变化，丁语默这三个字逐渐淡出脑海，偶尔想起那些令我窘迫不安的细节，紧张感也不再那么强烈。

大概过了半个月，一封信打破了平静的水面，我被抛到了旋涡的中心。

那天下午我被教导主任叫到办公室，办公桌上是一个打开的信封，教导主任用下巴指指信封，说："说说吧，怎么回事？"

我拿起信封，是丁语默寄来的，一沓照片，还有一张漂亮的信纸。信上说，她把照片洗好给我寄来，还责怪我说，答应给她写信却没有写，是怎么回事？

我还没来得及想，教导主任用嫌恶的口气问："你们是什么关系？"

我的第一反应是觉得不对劲，就说："给我的信，是谁给拆了？"

"我拆了，怎么了？"教导主任理直气壮，"香港代表团走那天我就看你们搂搂抱抱不像话，这下让我抓到证据了吧？"

"你侵犯我隐私。"

“你小小年纪有什么隐私？你要是每天只想学习还能有什么隐私给我抓吗？心思不放在学习上，真不知道你们天天都在想什么！这次丢人都丢到香港了，你让人家怎么看我们?！”

真不知道这些大人们是怎么想的，我想告诉他，我们两个有那么一点同病相怜的感觉，可是又不知道该怎么说。也许在老师眼里，他的学生们都是团结友爱互相帮助的吧。如果你告诉他，你在教室里感到很孤独，他说不定会送你去看心理医生……

我默默地想着，老师却没有停下来。

“你看看你看看！照片上你像个什么样子！又是牵手又是勾肩搭背，别以为我不懂！”

“你神经病啊，你脑子都在想什么?！”

我终于还是没有忍住，爆发了。

在我们这个校风严谨到头发长度都要用尺子量的学校，这一句话足以断送我的前程。

但是我无法控制，私人信件被拆就好像我被扒光了丢到大街上任人围观，这个龌龊的老师又将人想的那么猥琐，我再也无法控制自己。

教导主任被我一句话顶得不知道说什么好，气急败坏地说：“你你你！我要开除你！叫你家长来！太不像话了，太不像话了，还敢骂老师！”

我转身走了，气得手发抖，连我的信和照片都忘了拿。

第二天我去上学，许多人都对我指指点点，我们班的同学告诉我说，你去公告栏看看吧。

公告栏里的景象简直要让我发疯——

我和丁语默的照片还有她给我的信都给贴了出来，旁边是我的处分通报。通报上说，如果我不给教导主任道歉并作出深刻检查的话，就开除我。

我一边不争气地掉眼泪一边将这所有揭下来，课也不上就回家了。

回到家我把事情的前前后后跟我爸妈都说了，我爸非常生气，要去找教导主任理论，他说，不管怎么说，他拆别人的信就是不对，另外他实在想不出我有哪里做的不对。

我妈拦着他不让去，怕学校真把我开除。我在家休息了三天，最后我爸还是去了。不知道他是如何跟教导主任交涉的，我没被开除，还可以继续上课。

但是于我来说，这学是没法上了。

回到学校的第一天，公告栏里依然贴着一份我的批评通报。

我回到学校，顿时成为焦点人物，很多女生指指点点，男生们则开着一些无伤大雅但在当时的我看来龌龊不堪的玩笑，就连我上厕所撒尿都能听到其他年级不认识的人在我背后说：“看，这就是勾搭香港美女的那个。”

我想要解释，可是该从哪里说起呢？

人和人之间有些时候真的是无法交流，也无法互相理解的。

我起初努力不去听这些乱七八糟的议论，但是没有用，这个平静得像一潭死水的学校好久都没什么可供大家八卦的事情了，这件事就像蜂蜜一样吸引着那些没头苍蝇围着我飞来飞去，四处嗡嗡着散播谣言，到最后事情被扭曲到了一个十五岁男生所能想象的龌龊极限。

他人即地狱，这是那个时候我最真实的想法。

我的心情开始长期处在紧张的低潮之中，白天吃不下饭，晚上开始失眠，好不容易睡着了还总是被噩梦惊醒。学校变成了一个令我恐惧的地方，就连周末出去经过校门我都能感觉到一种无形的压力向我逼来。

我妈非常焦急，说再这样下去我就毁了。

我爸无计可施，只好先给我办理了因病休学。

的确是病了，医生说我患了抑郁症，需要好好调养。

现在回想那一段时间，觉得自己真是脆弱，可是在压力面前，谁又能坚强到无所畏惧？更何况是一个未经世事磨炼的懵懂少年。

香港回归的时候，我在家无所事事，电视里直播着末代港督彭定康离开总督府的画面，香港的天空下着雨。

被抑郁症折磨的我没有一丝喜悦，在那样的状态下，所有的告别、离去都会引起排山倒海的伤感，所以，彭定康乘车离开的一瞬，我竟然不合时宜地掉下眼泪。

电视里是欢庆回归的香港民众，我忽然想起了丁语默，不知道她是不是也夹杂在人群中和他们一同欢呼？

我们这个距离香港三千公里的北方小城也有人放鞭炮庆祝，她还记得这里吗？

后来，我不得不转学，离开是非之地，才慢慢从黑暗之中走出来。只是从那以后，时不时出现的无法抗拒的孤独感，成为了我理解这个世界的唯一方式。

Part 3

记得要学会忘记

我们曾经很幼稚，
坚持着一些无所谓的坚持，
只是因为心中有爱。
心中有爱就是幸福的。
这种幸福是一种挑战。

01　邮筒的秘密

大四那一年，同学们纷纷考研，我也准备考研。

倒也不是完全随波逐流，当时所学专业我不喜欢，只想每日泡在图书馆里看书，所以打算考取编辑出版专业的研究生，以便将来可以与书为伴。

但实际上，这个想法就像天上的星星，每当夜晚来临，我就抬头看一看，根本就没有一点摘取星星的准备。所以毫不意外的，考研落榜。

大四寒假一过，懒散了四年的同学们突然开始忙起来，有准备考研复试的，有准备求职的，每个人都像打了鸡血一样，只有我，依旧懒懒散散。

家里打算把我安排进入老家县城的医院。可那个污染严重的小城几乎从来都看不到星星，当初高考结束我就暗暗发誓，绝不把余生浪费在那个看不到星星的地方。

为了不让父母担忧我的前途，我决定继续考研。

这个想法的实现依然如同天上的星星，但好在我已经开始为摘取星星做准备——每天去图书馆也不止看小说，偶尔会翻看几页专业书。

不知不觉晃晃悠悠，迎来了毕业季。

一场又一场大酒，一次又一次聚会，每个人似乎都在用最热烈的情绪告别着青春。虽然深夜偶尔传来的哭泣和酒后跑调的歌声会引起些许离别的感伤，但在白天，每个人的脸上都是闯荡明日江湖的豪气。

大家似乎一下子就长大了，好像回忆过去、留恋青春时光，是一种幼稚的、小孩子才会做的事情。

我也和大家一样，脸上带着微笑，送走一位又一位同学，直到最后只剩下我一个。站在空荡荡的寝室，还好死不死地觉得，世界终于清静了。

那个时候我还不明白大概孤独才是生命的常态，也根本不了解陪伴有多珍贵。无论陪伴你的人是谁。

毕业生离校的最后那天，天降大雨，雨伞下的拥抱和大雨中的回首，才让我们这些忍着不诉离伤的人们终于有了一点离别的伤感。

而我，则在雨中搬家——为了继续考研，我在学校附近租了一套两室一厅，虽然行李不多，但大雨中依然狼狈。

就这样，我们的大学时代，结束了。

搬到我租的房子里，每天的生活除了睡觉以外，其他的内容还与在学校时一样，早餐不吃，在学校附近的小摊上随便解决掉午饭晚饭，别的时间就泡在图书馆里。可是每到夜晚，再没有人围在一起打游戏了，再没有人四处找人打牌了，再没有人喝多了在楼道里唱歌了。在那样一个安静到可以听见自己心跳的环境里面，才知道当初有些讨厌的喧闹是那么可爱。只要在房间里，我就打开电脑，播放周星驰的电影，放着各种音乐，甚至是在网上搜出《新闻联播》来看，可是小小屏幕里面的一点声响和空荡荡的房子还有形单影只的我，好像一点关系也没有。那点通过喇叭送出的声音，对于我的状态来说，不是烘托，而是反衬。

没过几天，我就有点受不了了，我下定决心，一定要找一个合租者，哪怕对方不付房租都行，晚上大家一起抽抽烟，闲聊几句就好。

我在网上发布了招合租的信息，可是几乎没有消息——暑假期间，学校绝大多数人都回家了，没有人会在这个时候租房子。

就在我快要绝望的时候，终于有人给我打电话了。

电话里几乎没怎么聊，我就答应了他来看房子。

我从图书馆跑回家，发现已经有一个人站在门口了。我一边上楼一边打量他。

站在门口的是一个男生，高高瘦瘦的，衣着整洁，脸色很白，好像不大出门的样子。年龄与我相仿，单从外表看不出是什么身份。

“您好，是您要租房吗？”

我一边上楼一边说话，可我们俩几乎异口同声地说出一模一样的话。

他闪开门口方便我开门，我打开门把他让进屋里去。

他先伸出手，彬彬有礼地说：“你好，我叫吴念。”

我脱不了学生气，还不习惯握手礼，见对方伸出手，手忙脚乱地伸出手胡乱一握：“你好你好，叫我阿周好了。”

我带着吴念在房子里转了转，告诉他说：“我刚刚从隔壁大学毕业，准备继续考研，所以租了这个房子。当初图安静才一个人租了两室一厅，可是没想到一个人太无聊了。晚上连个一起抽烟吹牛的人都没有，这才想拿这间小卧室出来跟人合租。家具都有。我对你印象还不错，你要是喜欢的话随时可以搬进来。”

吴念跟着我在屋子里面转了一圈，四下打量着，我看不出他是满意还是不满意。来到次卧，他走到床边，似乎是在眺望窗外的风景。

我忽然想起房租的事情，连忙说：“房租我们五五分担。水电之类也一半一半就好。你知道，虽然是次卧，但你几乎可以拎包入住。”

吴念依旧没说话，他在窗边低头看着楼下。

“楼下没有什么好风景啊，一条小路，路边有一个邮筒而已。”我心想着，以为他是对房租不满意，便说：“嗯……如果你喜欢这里的话，关于房租，我们两个四六分担也不是不能商量……我六你四……”

吴念忽然回过头问我：“楼下那个邮筒还能用吗？”

我虽然不知道他的用意何在，但还是如实回答了他：“说来也奇怪，现在电子邮件、快递那么方便，我以为没人再会写信了。可是这个邮筒，几乎每天都有邮局的人来收信，而且每次都能收走几封信，至少我看见的那几次，邮递员都没有空手离开。”

吴念的表情似乎是确认了一件至关重要的事情，对我点点头说：“好。这房子我租了，房租按你说的，五五分。你不介意的话，我晚上就搬过来可好？”

“好！一会儿我去配一把钥匙，下午的时间我去图书馆，你就搬家吧，需要帮忙的话尽管说。”

“我没有什么要搬的，身上这个双肩包就是我的行李了。下午我去买一些生活用品。你忙你的。”

“哦，对了，虽然房东准备了厨具，但是我不会做饭，一直总是在外面填饱肚子。如果你需要的话尽管用。”

“我也不做饭，在外面解决。”吴念说话慢条斯理，好像不太会聊天的样子。

“来，抽支烟吧！”我掏出一支烟，递给他。

“不好意思，我不会吸烟。”吴念摆摆手，我看不出他是真的客气还是对我有所防备。

我的感觉不太妙，吴念不会是一个特别闷的人吧？

站在小小的卧室里，吴念不再说话，似乎是在思考这个房间应该怎么布置，我也不知道该说点什么，空气里都是尴尬的味道。

单从外表看，我实在判断不出吴念是什么职业，年龄看起来似乎跟我差不多，但好像又比我看起来成熟得多。无论从哪个方面来说，他看起来都是一个有故事的人。这引起了我的好奇，总想一探究竟。换句话说，我总要知道将来与我同处一个屋檐下的这个人，是个什么来路。

“吴……哥，我叫您哥，应该没什么问题吧？”

“嗯，我毕业两年了，应该比你大。”

“那您是做什么工作的？”

“我嘛……可以说是无业，也可以叫作自由职业者——不过你放心，房租我不会拖欠的。”吴念依旧慢条斯理地说着。

虽然越聊越多，可是我对这个人越发感觉摸不透了。

“那……您靠什么生活呢？”我不死心，继续问道。

吴念沉默了一会儿说：“那你呢？”

“我啊，学生一枚，自然是啃老族，虽然毕业了，但是生活费，父母每个月还是会像以前一样打到卡上的。”我毫无保留，想用真诚换得对方的真诚。

“说起来惭愧，我和你差不多，虽然毕业几年了，但依然时不时需要家里接济。”吴念话虽这样说，但脸上一点愧色都没有。

“这么说的话，您还是有自己的收入喽？”

“算是有那么一点吧，我平时会写写东西。不过，这个你也知道，谁想靠这个养活自己，那简直是痴人说梦。”

“痴人说梦……”我心里回荡着这个词语，感觉果然是作家，说话还真是有点不一样啊。

我一直觉得，能够坚持梦想的人都是值得尊敬的勇士。也许吴念就是一个依然没有被现实打败的人吧。想到今后就要和这样一个励志的人生活在一起，我似乎也变得有一点勇气。

“那你也很厉害了啊。今后我会以你为榜样，坚持自己的梦想！”我的语气中不知不觉就带上了崇敬的成分。

吴念摆摆手，依然平静地说：“我才没有什么梦想，你千万不要跟我学。”

“你就不要谦虚啦……”

吴念忽然打断我说：“我们两个，虽然租住在同一座房子里，但是我这个人……嗯，怎么说呢，比较喜欢安静……”

我有些尴尬，说：“嗯……这个……我能理解……”

“我的意思是，谢谢你同意把这间卧室租给我。不过，我们……”

吴念斟酌着词句，我抢先说话，免得再尴尬——

“我明白，我明白。我不会打扰到你的。”

“当然当然，我也不会打扰到你。”吴念接着我的话头说道。

就这样，吴念搬了进来，与我同在一个屋檐下，但自那以后，我们再也没有说过第一天那么多的话。

偶尔碰面，两人点点头，我想聊两句，但这个似乎看不出内心波澜的家伙总是轻易地就能把天聊死。有过那么几回之后，我也就死心了。不聊就不聊吧，虽然我还像以前一样觉得无聊，深夜睡不着的时候，孤独或者寂寞这样矫情的词语也会出现在脑海，但是至少，房租有人分担，省下来的钱去唱唱歌，或者去大排档喝两瓶啤酒，排遣一下寂寞，还是足够的。

自从吴念搬进来，我的闹钟就没有用处了。他的生活非常规律，每天早晨我都会被洗手间的洗漱声叫醒。我很少见他在家里吃饭，但是也很少见他出门。平时他总是关着房门，搞得我都不好意思在客厅看电视，生怕打扰到这位作家的构思。

一开始，好奇心作祟，我总想观察吴念，几次下来，一无所获。渐渐地，我也习惯了，心里告诉自己，就当和一个陌生人住在一起吧。

我每天晃晃荡荡，考研复习也是有一搭没一搭，时间就那么溜走了。关于未来，我没有任何头绪，与其说准备考研，不如说是用这样一个还算体面的理由混日子。

进入九月，学校开学，新的面孔出现在食堂、操场、图书馆，我忽然觉得自己和青春已经没什么关系了。这种感受是那么伤感，我特别想找个人说一说。

在网上联系从前的舍友、同学，他们要么进入新的学校读研究生，要么已经在工作岗位上蹒跚起步。

我想告诉他们，学校的大一新生美女不多，真是一届不如一届；我想告诉他们，我们原来的宿舍分给了新生，当年我们贴的海报都被撕了；我想告诉他们，食堂的饭一如既往地难吃……

面对我的喋喋不休，这帮家伙似乎没有任何感觉，没人愿意和我一起回忆，似乎青春从来都不值得留恋。

忽然有一天，我想明白了，我以准备考研的名义留在学校，无非是不想与过去告别。

这让我更加觉得伤感——即便不想告别，又能如何呢?

我想听听过来人的意见。比如说吴念。

“他毕业几年了，又是作家，我的感受他应该也有过吧。而且作家嘛，总是多愁善感的，对于这样无用但又沉重的情绪，多少会有一点应对办法吧。”

怀着这样的想法，我开始再次寻找和吴念聊一聊的机会。

九月的夕阳走得特别慢，每到下午五六点钟，这个世界就被染上金黄的颜色，夕阳拖着长长的影子一点点走进黑夜。

每到这个时候，我们楼下的那个墨绿色邮筒就会变得特别好看。一面迎着夕阳，另一面因为光影的关系几乎变成黑色，脚下拖着几乎延伸一条街的影子；旁边是我们那栋老旧的红砖楼，整个画面就像一幅水彩画，美好得不真实。

自从第一次见到这个美好画面，我就喜欢上了在这个时间，到我们楼下这条街上散步。看着邮筒的影子一点点消失，看着整条街上的璀璨灯火一点点亮起，脑海里飞过数不清的念头，又好像什么都没想，似乎连时间都忘了。

有一次散步的时候，我远远看到了吴念。

在那样的光影之中，这个冷冰冰的吴念看起来也有一些温暖。

我看到他的脸上不再是波澜不惊，似乎带有一点期待。

我看到他拖着影子走到邮筒面前，把手里的一封信反复检查，最后像下定决心一般，甚至有些决绝，把信投进邮筒。

“这个吴念看起来和平时好不一样啊……大概是完成了一篇特别看重的稿子，寄出去投稿吧。”我想。

等我回过神来，想要追上去聊几句时，吴念已经走了。

第二天一早，我像往常一样被吴念的洗漱声叫醒，赖一会儿床，等我出来，吴念已经出去了。我洗了一把脸，收拾好几本书，也像往常一样，到图书馆消磨了一天的时光。

一天很快过去，等到夕阳西下，我溜溜达达，再次来到有邮筒的那条街，散散步，准备回家。

可是，眼前的景象却让我目瞪口呆：那个邮筒上半身被砸得乱七八糟，下半身的柱子也歪在一边，全身好像被烧过，满身熏得漆黑，好看的墨绿色消失得无影无踪。邮筒周围的地上也是被火烧过的痕迹。

是哪个混蛋这么无聊，破坏一个邮筒干吗？

我心里的愤怒不可名状，可是似乎没人在意，周围来来往往的人们似乎对这个被破坏的邮筒视若无睹。

美好的画面被破坏了。

我垂头丧气地往家走去。

“吴念总是在家，这个邮筒就在他的窗下，他应该知道是哪个家伙对邮筒痛下毒手。一定要问问他。”

我心里想着，低着头上楼。

“你是阿周吗？”

冷不防有人说话，我吓一跳。抬起头，我家门前站着两个警察。

“阿周是你吗？”

我对警察点点头，心里疑惑着，警察怎么连我的绰号都知道？

“你的本名是什么？”

我把名字告诉警察，又问道：“找我有什么事吗？我是租房的，可是都按规定报备过的。”

警察说道：“跟你合租的人是不是吴念？”

“是啊，怎么了？”

“他跟我们说，你是他在这个城市里唯一的朋友，请你帮他准备一些生活用品送去。”

“啊？送到哪里？”

“第一看守所。”

“吴念他怎么啦？”

我简直不敢相信自己的耳朵，这个每天把自己关在自己屋里写东西的未来作家，怎么就去了看守所呢？

“我们是看守所来通知家属的，他的问题派出所还在侦办，具体情况你去问他吧。”

“好……那……谢谢你们。”

与警察告别后，我开门进屋，走进吴念的房间。里面非常整洁，床单整理得一丝不苟，窗前的书桌上，有两本书，还有一叠空白稿纸和几个信封。桌子下面的废纸篓里面的纸团都快要溢出来了……这个作家也够奇怪的，都什么年代了还用纸笔写作……

我把吴念的衣服和寝具装到我们第一次见面时他背的那个行李包里，顿时发觉，如果没有书桌上的纸笔，这个房间好像根本就没有吴念这个人生活过的任何痕迹。

“这么严谨的一个人，会因为什么事被关进看守所呢？”

这个问题困扰得我几乎失眠。

迷迷糊糊中，迎来黎明。我拿手机查了一下去往第一看守所的公交车路线，拿起吴念的行李包，出发了。

楼下那个被破坏的邮筒已经被人清除，只有地上留下一片被火烧过的痕迹。

不知道为什么，那一刻我居然想到了青春——每个人的青春时光都会消逝，但是留在一个人身上的痕迹，也许一生都抹不去。

我赶到第一看守所，按照流程见到了吴念。

吴念看到我，表情依然平静。接过我递给他的行李包，他也只是一如往常一般说了一声“谢谢”。

我实在是好奇，也顾不上客套，单刀直入问道：“吴念，你怎么会被关到这里面来？”

吴念似乎没听到我的话，说：“你给我带纸笔了没有？我的东西需要重新写。”

“你不是吧，大哥？你都被关进来了呀！到底是因为什么啊，需不需要我联系你家人，说出来因为什么事大家才好帮你啊！”

吴念没有说话，旁若无人般长久地沉默着，似乎是在思索着什么。

我不知道还能再说什么，其实我还有一点担心，说实话，我怕他连累到我。可是仔细想想，我们两个虽然同处一室，但彼此交往不多，他也几乎不出门，总是关在房间里写东西，怎么就会被警察带到这里来呢？

就在我想怎么样才能让吴念告诉我真相时，警察告诉我，探视时间到了。

吴念站起身，忽然对我说：“如果你爱一个人，无论如何也要和她在一起，无论她在哪里。”

“什么？你说什么？”

没等吴念再说话，他就被警察带走了，我看着他的背影就像一个谜团。

好奇心实在忍不住，我问带我出去的警察：“他到底犯了什么事儿被关进来？”

“毁坏公共财物，寻衅滋事，袭警。”

“不会吧，他是个作家，写东西的，干不出这些事儿吧？”我不相信自己的耳朵。

“还作家呢，打起警察来跟疯子一样。我同事赶到现场，这哥们儿正对着一个邮筒撒泼呢，这种事儿我们见多了，起初以为就是个神经病，劝下来就算了，结果他要把邮筒点了，烧着了纸往里面塞，眼看着火就从邮筒里面着起来了，这就危险了吧，引起火灾谁负责？我们上去阻止，他跟疯了一样又打又踢，真不知道一邮筒跟他有多大仇。”

我听得半信半疑，原来那个消失的邮筒是被吴念搞坏了。

可是他为什么这么做啊？

我想知道答案，但该问谁呢？

没办法，我只好回家。

家里变得只有我一个人。不过还好，吴念的存在感那么低，没有他，也没有太大差别。

一开始，我总在想，吴念为什么要去破坏邮筒，可是实在没有什么头绪。渐渐地，我不再去想，又习惯了一个人的生活。吴念就像电影里的插曲，歌声结束，故事还会继续。我的生活也要继续。

忽然有一天，我接到一个电话，自称是吴念的妈妈，说要我提供一个银行卡号，把吴念拖欠的一个月房租打给我。我将信将疑，还以为遇到电信诈骗。直到她把吴念的故事告诉我，我才真正相信。

原来，吴念也毕业于我们学校，是大我将近十届的学长。他有着一段堪称完美的校园恋情，和女朋友两个人打算毕业就结婚。可是，毕业旅行时，两个人参加一个情侣蹦极项目，他女朋友那根绳子突然断掉，整个人从他的怀中滑落，不幸死亡。这让吴念陷入深深的自责，他不敢面对这个事实，把自己关在房间里一个月，一开始整天以泪洗面，后来，不再流泪，似乎是慢慢走出伤痛。等到再次出现在家人面前，他告诉父母，女朋友去国外上学了，等她回来就结婚。他的精神出现了问题。

吴念的家人开始带他四处求医，但收效甚微。而吴念自己，则开始写信，不断地写，每写好一封就让家人帮他寄出去。在医生的建议下，家人开始假装他的女朋友回信，并按照设计好的内容在信中与他分手，寄望于此，可以对他的病情有所帮助。

可是，吴念却偶然在父母房间发现他写的信，一封不少，一封都没有寄出。这让他几乎陷入歇斯底里的状态。也因为如此，他才离开家，租了我的房子，继续给女朋友写信。

吴念的故事让人唏嘘，可是我实在忍不住好奇心想知道，他又为什么会去破坏邮筒？

吴念的妈妈在电话里对我说：“那天，他精心写好了一封信，装进信封，扔进了你们楼下的那个邮筒。”

我忍不住说：“这不是很好吗？完成了他的心愿。”

“吴念告诉我说，把信投进邮筒后，他忽然想起来，信封上没有写地址。大概这一点，又刺激了他吧。”

听着电话那头有些伤感的声音，我说不出话来，也不知道如何安慰，拒绝了吴念妈妈执意要还给我的房租，我默默挂上了电话。

02 最熟悉的陌生人

一个阴沉沉的周六上午，张默像往常一样很晚才起床。他睁着眼睛看着天花板，想着无聊的周末该怎么打发。此时，他的手机响了——是一条备忘提醒。

其实不用这提醒，张默脑子里也一直惦记着这件事情。四天前，他的女朋友——或者说是未婚妻——从遥远的东非打了一个越洋电话，说一年半的外派工作马上就要结束，北京时间这个周六——也就是今天——就要回到阔别已久的家。

接完电话，张默心里七上八下的，四天来的工作也心不在焉，一年半以来，他已经习惯了在电话里说“我爱你”，虽然每次打电话都要嘘寒问暖，但是炎热的非洲和四季分明的中国北方，他一直也没有找到感同身受的共同点，如果没有照片，那个曾经和他耳鬓厮磨的面容恐怕都模糊不清了。

一想到这些，张默心里就忐忑不安：“我要不要去接她？”

捧一大束花在人流穿梭的机场相拥而泣，这让恋爱七年的张默看来是冒着绝顶傻气的行为。“没准儿还让她觉得我矫情。”他想。

张默从床上爬起来，随手把乱哄哄的被子一堆，一边摸着自己像三四个月身孕微微发福的肚子一边朝卫生间走去：“妈的，一年半，都能怀两次孕了。”

他一个人在房间里走来走去，脑子里还是很乱。单身汉的屋子毫不意外地又脏又乱，张默心想要不要简单收拾一下，然后拿起一个装有不知泡了几天的茶的杯子，去厨房心不在焉地冲洗几下，回到客厅又懒得收拾，倒了一杯水后一屁股陷进沙发里。

外面传来咚咚咚的脚步声。伴随着开门声传来欢快的女声：“我回来了。”

他坐在沙发上头也没回，一直盯着电视里的娱乐节目，瓮声瓮气地应道：“哦。”

她把旅行箱靠墙放好，说：“老公？我回来了。”

“坐吧，”他说，又把手中的杯子冲她晃晃，“去喝点水休息一下。”

她站在那里，似乎没想到这样的场景，有点不知所措地四下看看，说：“哎呀，你看这屋里都乱成什么样子了，你也不知道收拾收拾。”说着就动手收拾散落在沙发上的报纸、杂志。说话的语气和动作都很日常，仿佛她从没有离开过一样。

他看到她动手收拾，说："刚回来路上挺累的，坐着歇着吧。乱不乱的还不都一样住人。"

她觉得有点不对劲，可又不知道该怎么办。

她说："老公，你怎么不问问我出差怎么样？"

"嗨，出差嘛，还不就那样，一半工作一半玩。"

她不知道该说什么，一时间房间里非常安静，只有电视机里发出做作的笑声。

他端起手里的杯子，仰头一喝，喝完最后一口，站起身来。

张默去冲了一杯咖啡，回来继续陷进沙发里。

他去冲咖啡的时候看到她在盯着自己看。对方发现他在看自己，脸上露出笑容。可是他没什么表情，继续回到刚才坐的地方盯着电视看。

她的表情很失望，可仍作出亲热的样子说："老公，你饿不饿？我去给你做饭。"

张默说："我不饿。厨房里有吃的。你饿的话就去吃点。不用管我。"

她坐在他对面，一会儿双手坐到屁股底下，一会儿放到沙发扶手上，一副手足无措的样子，她一直看着他的脸，似乎企图读出他内心的真实想法。

他拿起遥控器换了一个台。

她说：“老公？你……你怎么了？”

他说：“我？我很好啊。你看这电视，挺有意思。现在这电视频道真是多——哦对，你不知道吧，咱们小区刚换了数字电视，频道多了好多，可有的看了。”

她突然站起身，挡到电视面前，他的视线自然就转移到她脸上。

她双手抱在胸前，看得出来强压着失望与愤怒。她看着他，说：“我出去这么长时间，你是不是有什么事？”

“没有啊，你在想什么？”

“可是有你这样的吗？自己老婆出门那么长时间，回来了你就拿这种态度迎接别人？”

“好吧，我道歉。”他懒洋洋地斜倚到沙发扶手上，说。

“可是我不觉得你是真心的。”她气呼呼地说。

他又坐直身子，眼睛看看她，又盯着她背后的电视，沉默了一会儿，自言自语地说：“没什么。”

“什么没什么?！”她爆发了，扭身把电视关掉，坐到他对面。

他眼睛对着漆黑的电视屏幕，眼角的余光偷瞄着她，想看她会有什么动静。

她坐在那里，呼吸有些急促，不住地用深呼吸来平复情绪，看得出来，她想让自己平静下来。

她站起身，又伸手打开电视机，说："咱们分别这么久，现在不要吵架。"

张默忽然觉得没意思，起身在屋子里溜达了一圈，看看墙上的钟表，把脚下的一个啤酒罐踢到厨房的垃圾筐旁边。

他看到她打开电视机，便又再次舒服地斜倚到沙发扶手上，一脸惬意地看起电视。

她看着他，不知道该怎么说了。

过了一会儿，又亲亲热热地说："老公，咱们现在收拾一下房间吧。爸妈知道我今天回来，一会儿要来，咱们总不能就这样迎接他们吧。"

"无所谓吧。他们又不是第一次来。来了出去吃个饭就得了。"

她一边像家庭主妇似的收拾屋子，一边试着拉起家常："爸妈他们身体还好吧？"

"好着呢。"他扭头看了她一眼，继续看电视。

她没说话，继续收拾屋子。忽然她平静地说："在我出门这段时间，有没有女的来过咱们家？"

还不等他回答，她又忍不住爆发了："你是不是爱上别人了?！"

他看了她一眼，说："你这么说话太伤和气。"

她的眼泪忍不住掉了下来，说："你就不想想，你这么对我，就不伤我？”

他说：“平静，平静。你不要这样。大吵大闹的像什么样子。”

她抽泣着说：“你是不是变心了？”

“呵呵，”他脸上露出笑容，说，“你想多了，没有的事。”

她站在那里抖着肩膀抽泣。

张默斜倚在沙发上，看着他的未婚妻，然后从茶几上的烟盒里摸出一支烟。

他点上一支烟，心想，这女人真是麻烦，一点都不明白男人的心思。人和人之间互相理解真难。

他抽了一支烟，对她说：“你别瞎想。坐那儿，坐那儿歇会儿。”

她站着没动，肩膀还在微微抖动。过了一会儿，她去把窗户上的纱帘拉开，扬起的微尘呛得她一阵咳嗽，不哭了。

她朝卫生间走去。他听见哗哗的水声。

她又走回客厅，刚洗了一把脸。他看看她，没有说话。

她伸手拉过旅行箱，拉开拉链，掏出一件衬衣，啪的甩到他的身旁，说：“这是给你买的。”

又掏出一条烟：“这是给你买的。”

又掏出一个包装精美的盒子：“这是给你买的！”

她一共掏出五样东西，一件一件甩给他，甩一件说一句“这是给你买的”，一句比一句悲愤。

最后她说：“你看看我怎么对你的，你又是怎么对我的！你肯定是不爱我了！”

他看着甩了满地的东西，又看看再次哭起来的她，不知道说什么好。

她蹲坐在地上，说：“我以前出差回来，你都是买一大捧花去车站接我，要么就是在家做好饭，我一进门就给我一个拥抱。可是现在呢？”

他说：“你平静一下。”

“我平静不了！你心里到底在想什么?！是不是我这回出差时间久，你干什么见不得人的事了？还是你想甩了我?！”

他笑了一下，没有说话。

“你还笑！你说！”

“没有，真没有。”

她仍旧蹲坐在那里，掏出一包纸巾，抽出一张，一边擦眼泪一边喋喋不休地讲起两人相恋时候的事情来。

“上大学的时候你对我是什么样？大雪天里我想吃烤红薯，你就骑个车子走十几里路到我说最好吃的那一家店给我买，到我们宿舍楼下递到我手上时还是热的——

“那会儿跟你租的房子暖气不热，冬天你都是把我的被窝捂热了才叫我去睡——

“你出差回来，我又是给你放洗澡水又是给你做饭——可是你现在这么对我——”

张默看着她，她嘤嘤地哭着，他不知道该说些什么。

张默又点上一支烟，深深地抽了一口，烟雾缭绕中一个细节突然浮现，那是他第一次出差，她把他送上火车，张默叫她赶紧回去，她不肯，站在火车窗户旁边看着他。忽然她从包里掏出唇彩，在张默挨着的那块玻璃上画了一个笑脸，张默看着她这孩子气的举动，心里感动得不知如何是好。

他从沙发上站起来，走到她身边，伸手把她拉起来，又抬起手，抹去她脸上的泪痕，又把她揽入怀里，轻轻拍了拍她的背。

她伏在他的肩上，止不住地掉眼泪。

他放开她，看着她的眼睛，想说什么，欲言又止，便凑过去在她额头上轻轻一吻，说："你没变。"

张默把手里的烟头在烟灰缸里摁灭，让自己的大脑重新组合了一番想象和现实，理智开始重启。他发现烟灰缸里烟头都满了，便起身去厨房清理烟灰缸。等他回到客厅，电视上的两个人抱在一起定格了，正在出滚动字幕。

张默把烟灰缸放下，轻轻骂了一句："这是什么破电影，这么烂的剧本居然也有人投资。"

然后他走到窗前，拉开窗帘，看到外面已经放晴，明晃晃的太阳有些刺眼，他扭头看了一眼墙上的时钟，又拿起手机定了一束花，穿上外套推门而出。

03　那些来不及的事

是的，他爱她，非常爱。还和当初一样。

我说的是赵宁和丁一这一对令人羡慕的小夫妻。当初这桩被很多人反对的婚姻，经过三年的时光逐渐赢得了越来越多人的羡慕。

他们的故事很普通，两人是大学同学，丁一是中文系的第一美女，才色兼备，赵宁则是学习一流、充满野心与抱负的经济系的穷小子。就像美女与野兽的故事一样，两人谈恋爱时，丁一并没有得到朋友们的祝福，所有人都认为，这段恋情随着毕业的临近，必将被现实击溃。而令人感到意外的是，毕业不久，大家就收到了两人的婚讯。

结婚的时候赵宁还是一个四处求职、一穷二白的社会新人，丁一倒是通过家里安排去电视台做了一份闲职。嫁给赵宁，所有人都说是“下嫁”。想必她也为此冲破了重重阻挠，个中详情外人并不知晓，但寒酸的婚礼以及租来的婚房则说明了一切。

婚后两人虽然生活清苦，但也常有令人怦然心动的小幸福。丁一在电视台朝九晚五，赵宁求职不顺，暂且做“全职妇男”。他经常花很多心思给丁一做饭。有一次他起个大早，用平底锅给丁一做了一个心形的煎蛋——说来简单，过程却极为复杂，要将火开得特别小，慢慢加热，以防鸡蛋过热迅速成形——丁一看到后感动得不知如何是好，最后竟没舍得吃，每次吃饭都摆出来看着，一个好端端的鸡蛋就给放坏了。

那个时候赵宁没有工作、没有背景，但有的是热情，有的是理想，当然还有尚未被人认可的能力。每天窝在家，自然不好受。蜜月一结束，他决定自己创业。

丁一完全支持，她相信他的男人。她把婚礼收到的礼金——虽然不多——全部拿了出来。这当然不够，赵宁利用应届毕业生的身份去贷了款，他的公司经过紧张筹备，择吉开张。

创业当然不是说说那么容易，赵宁的公司业务范围是商业咨询、营销策划，没有客户就没有饭吃。最初的两个多月一个客户都没有，赵宁虽然信心满满但也不免急躁，丁一则像一个母亲一样安慰、包容、鼓励、支持，有时两人一人一杯茶能对谈到天亮。

上帝保佑，就在公司赤字快要到无法承受的时候，赵宁终于签下了一笔大单，为一个国有企业做营销策划。自此以后，一切顺风顺水。

丁一知道，这个男人他没有看错，虽然无助的时候他会在自己怀里流泪，但只要给他机会，他就会一飞冲天。

果然。

半年之后，公司开始盈利，赵宁又找来一笔风险投资，挖来几位业内翘楚，公司实力大增，他也来越来越忙，能够陪丁一的时间越来越少。好在丁一并不抱怨，她看他意气风发，看他平步青云，她的脸上有由衷的笑。而赵宁虽然心有愧疚，但他也有自己的理由："我要让我爱的女人过上衣食无忧的好生活，我要让她住大房子，我不能让她每天挤公交上班。"

赵宁做到了。他买了大房子，一幢别墅；买了车，还是两辆。作为一个身价不断飙升的商界新星，赵宁的成功不仅仅局限在自己业内，他也成为了新闻界的宠儿，被当作八零后的创业典型，声名鹊起。

两个人的生活发生了天翻地覆的变化。丁一每天开一辆大众 POLO 去电视台，那份闲职一直在做，她并不想做笼中的金丝雀。虽说每天和同事们的闲聊大多是丁一听他们或真或假的恭维，但也强过一个人闷在家里。赵宁一如既往地忙，忙，忙。每天的生活被客户、采访、活动所充斥，早出晚归，有的时候两人一个礼拜都难得能一起吃个饭。

成功就像毒药，令人上瘾。赵宁每次夜归，看到已经睡下的丁一准备好的解酒浓茶和新鲜水果，他心里都难过得要死，他不止一次地对自己说，钱够用就好，赚再多也一样，一定要多陪陪丁一。但每当他坐在会议室里，每当他坐在奔赴活动现场的车里，每当遇到谈判有难度的客户，他就像狮子看到猎物一样，全身的每一个细胞都全神贯注，异常兴奋。一切只为成功那一刻。

三年来，赵宁像被上紧发条的玩具车，一个人一直不停地向前、向前，无暇顾及沿途的风景，更没有意识到，他和一直以来陪伴在自己身边的丁一之间的距离越来越远。赵宁以为，两人还像从前一样——虽然很少表白，但爱一直在心里，两个人任何时候都有着不必言说的默契。是的，有时赵宁晚归，如果恰好碰到丁一晚睡，他们还是会一人一杯茶，聊一会儿天。丁一听着赵宁喋喋不休地说公司的业绩、难伺候的客户、事业的未来……还像他们刚创业的时候那样。只不过，赵宁说得越来越多，听得越来越少，而丁一则恰恰相反。

支撑赵宁一直不懈努力的动力，当然是丁一。这一点没有变，从来没变。是的，他爱她，非常爱。就像从前一样。

虽说赵宁创业也经历了不足为外人道的艰辛与困苦，但与很多还在为房子、为稳定的工作发愁的同龄人来说，他简直就是上帝的宠儿。但是宠儿也有失宠的一天。当然我不是说赵宁的公司一败涂地轰然倒塌。你知道有一段时间常常被人拿来与1929年的“大萧条”相提并论，没错，经济危机也开始波及赵宁，具体的商业、经济并不是我擅长的，我无法很好地描述赵宁以及他的公司当时的困境，但我知道的是，他们的业务量在下滑，有好几家大型企业在与他们的合同到期后不打算再续约。

而赵宁对这一切还算乐观，这个白手起家、依然年轻的小伙子心里最坏的打算也不过是从头再来。另外，他还有一个打算：无论什么原因，工作总算不是那么紧张了，自己终于可以有时间多陪一陪丁一，结婚三年多，也该考虑要孩子的事了……

有一个外省的客户打算不再续约。赵宁虽然无奈但也毫无办法，这个大环境谁都左右不了，但该做的事还要做，他带上助手，准备出这一趟差之后就休息一段时间。

谈判的结果意料之中，裁员中的客户不愿再支付每年大笔的咨询费。竭尽全力的赵宁松了一口气，心想，好好休息一段时间再说。

在回来的飞机上，他开始筹划如何利用这个假期——嗯，先陪丁一去逛街，买很多新衣服，然后再出门旅游，好好弥补这三年多来的亏欠……

一下飞机，赵宁打开手机，看到有一堆未接来电，紧接着铺天盖地的短信接踵而至。赵宁一下子觉得天旋地转，大脑一片空白，所有的信息都有两个关键词像钢印一样拍进他的眼睛：丁一，车祸。

赵宁的肉身终于和早一步抵达的心在医院会合，眼前的情景让他手足无措，他没有勇气去掀开那张白布。他就站在那里，眼睛里是一片雪白。他的小腿有些抖，手也在抖，甚至呼吸也开始颤抖。

时间仿佛凝固。忽然他大喊在太平间外守候的助手，声音大得令人害怕。

“包！把包给我！”

助手小心走进来，赵宁还在语无论次地说：“包，给我包，包，我的包。”

助手赶紧把包打开，赵宁用发抖的双手在包里一阵乱翻，在安静的太平间里，那声音有些骇人。

赵宁拿出一个小盒子，打了好几遍都没打开，手一直在抖。

“啪哒”一声，盒子掉在地上，赵宁手中多了一个戒指。他“扑通”摔跪在床前，抓起丁一露在白布外面的手，语无伦次地说：“老婆，这有一个戒指，你怎么了？我出差给你买的，你怎么了啊？你看好看吗？好看吗？我给你戴上，你喜欢吗？”

丁一的手指已经骨折，赵宁颤抖的手试了几次，都没有办法把戒指戴到丁一的手上。

“怎么你不喜欢啊，戴上看看啊……”

突然赵宁转身冲着门外歇斯底里地大喊：“医生！医生！快来啊，我老婆的手肿了，快来看看啊，怎么回事啊！”

“这是怎么了……”他的声音渐渐微弱，“怎么了……”他的眼泪终于流了出来，“我不知道，丁一，你看这戒指，我专门为你买的……”

哭声终于酣畅，回荡在空荡荡的屋子里，令人心碎。

赵宁跪坐在床边，一天一夜。直到殡仪馆的工作人员到来。但他已经没有办法站立，麻木到毫无知觉的双腿已经不听使唤，他被扶到走廊的椅子上。

工作人员掀开白布时停顿了一下，不由自主地发出一声惊叹——丁一已经面目全非。正在这时，一位医生带着两位警察走了过来。

“您是丁一的家属？”

赵宁瞪着血红的眼睛，点点头。

警察递给他一张纸：“这是丁一女士的尸检报告。经检查，丁一女士酒后驾车，昨日凌晨驾驶一辆红色 POLO 从南二环高架桥翻车坠落，当场死亡。请您节哀。”说着又拿出一个塑料袋：“这是现场收集的死者遗物。”

赵宁的眼睛死死地盯着两位警察，没有任何表情。

警察将塑料袋放在赵宁旁边的座位上，和医生交谈了几句，转身离开。

赵宁的目光转移到旁边的遗物袋，里面有一个钱包，一个手机，一串钥匙。他就那么一直盯着，也不伸手去拿。

殡仪馆的工作人员推着丁一的尸体从太平间出来，赵宁忽然努力站起来，但随即摔倒，他趴在地上，无比清醒地说了一句："把我老婆打扮漂亮点。"

赵宁回到家，按照丁一的习惯，把塑料袋里的钥匙和钱包放到门厅的鞋柜上，手机放到卧室的床头柜上。

客厅的茶几上还有一盘水果，一壶泡得发黑的浓茶。赵宁拿出一个杯子，倒了一杯茶，喝了一口，眼泪又流了下来。

他坐在沙发上不知道如何是好，感觉到处都是丁一的影子。他端着茶杯仿佛丁一也在对面端着一杯茶；他去卧室，那张曾经充满两人激情与快乐的床让他不敢接近；他去厨房，丁一前几天买好的菜已经打蔫；他去阳台，上面还晾着丁一洗好的衣服。

赵宁把手中的茶杯放到窗台上，动手收起晾着的衣服。他把衣服抱回卧室，一件一件叠好，打开衣橱，一件一件放好。他盯着衣橱里丁一的衣服，突然控制不住地哭出声。他发现有好多丁一的衣服他都没什么印象，甚至都不记得丁一是否穿过。

他忽略丁一太久了。

想到这儿，赵宁平静了一下心绪，拿起电话打给公司，交代了一下就去洗澡。然后换了一套衣服就开车直奔殡仪馆。

“我来陪你了。”

赵宁再次见到丁一时，没有哭，平静得一如往常。他没有跪坐，而是找工作人员要了一把椅子，坐在丁一的旁边，他伸手抓住了丁一那冰凉而没有血色的手，心里默念着：“我来陪你了。”

“我的剃须刀片又该换了，”赵宁摸摸下巴说道，“你看都给我刮破了。这些事都是你在操心，什么时候咱们一起去逛逛吧。”

“你晾的衣服我都收好了，我才发现你有好多衣服我都没注意到。我已经安排休假了，你每天穿一身给我看好不好？”

“我太忙了，有时候连你做的早饭我都来不及吃。现在我放假了，早饭我来做吧。再给你做一个心形的煎蛋吧。不知道现在技术还行不行……”

……

丁一火化时，赵宁没有哭。他心里一直在想丁一说过的话：“我喜欢你笑，和我在一起你不许哭。”他死死地咬着下嘴唇，都咬出了血。在丁一被推进去的时候，赵宁在她冰凉的额头上深深一吻，印上了一个血红的唇印。

家里一切都没变，还像丁一在世时一样。休假中的赵宁，每天就是整理丁一的东西，有时看着那些东西自言自语，有时不知不觉地掉眼泪。

丁一那边的床头柜抽屉里摆着赵宁送给他的所有礼物，从指环到手机，每一样都让赵宁回想起一段时光。

丁一的钱包里装满了信用卡，都是赵宁名下的卡的附属卡。以前有的时候丁一想叫赵宁陪她去逛街，赵宁多半会拿出一张卡让她自己去。想到这些，赵宁后悔得直抽自己嘴巴。

每天晚上，赵宁都会打开电脑，一张张翻看丁一的照片，对着电脑屏幕讲他这一天都干了什么，对着电脑屏幕上的那个形象嘘寒问暖。

丁一的抽屉里有三个台历，是那种每天一个小方格方便记事的那种，前年那个上面写了好多话——

“11.8，老公的公司开张。”

“12.30，老公谈成第一个客户。”

……

慢慢的记事少了，开始打勾或者画叉。去年的那本多数周末都打着勾，慢慢的勾也少了，叉开始多了起来，到了今年这本，甚至整页都打着一个大叉。

赵宁明白，打勾的日子，是两个人在一起的日子。

赵宁送过三个手机给丁一，但她都没用，一直贴身带着的是她上大学时用的那个旧手机，上面存有两人谈恋爱时赵宁发给她的情意绵绵的短信。

也许赵宁日夜在外忙碌的时候，是那些短信让丁一还能感觉到一些温暖。

赵宁翻看那些短信，这些熟悉的表白他从来不曾忘记，因为那份爱从未改变。他看着那些有点幼稚又充满热情的短信，想象着当时丁一收到时的样子，就好像爱从未离开。

那手机一直没有销户，赵宁一厢情愿地不想让自己的世界有一丝一毫丁一离开的迹象。

一个周末，手机突然响起。

一条短信："姐姐，你出什么事了？怎么这么久都没联系我？今天我没课，我陪你待一会儿吧。"

发信人显示"小建"二字。

赵宁的脑袋像炸开一样。

这个叫小建的人是谁？这短信怎么这么暧昧？

赵宁绞尽脑汁遍寻所有细节，隐隐约约有一种不祥的预感。

丁一有一段时间晚上总是出门，甚至比自己回来得还要晚。有时给她打电话明明很吵，她却说在朋友家。

赵宁用丁一的手机拨通了这个电话。

对方迅速接了电话，是一个年轻的男生，声音很急切，不等赵宁说话就说："姐，你还好吧？这么久你干吗去了？你说让我等你联系你也不联系，我担心死了。咱们不是说好周末可以见面吗？今天你有时间么……"

赵宁心里的担心与疑惑得到印证，反倒觉得平静，他没有一点责怪丁一的意思，他知道都是自己不好，忽略丁一太多。现在事情已经过去，连人都走了，还有什么不能原谅的呢？

他说："你好，我是丁一的丈夫……"

电话对面轻轻"啊"了一声，随即挂断了电话。

赵宁再打，通话中，忙音。他思索再三，发了一条短信过去："丁一出了车祸，人去了。"写下这几个字，他已是泪流满面。

过了好大一会儿，电话响起，是小建。

赵宁按下接听键，对方的声音听得出来在使劲压抑着悲伤，压抑着哭泣："对不起……"然后便泣不成声。

赵宁已经无法控制得哭了出来。

双方平静了好一会儿，小建先开口说话：“我知道我这样不对。但是我真的很难过，我爱丁一姐，真的。”

赵宁听不下去，悲伤夹杂着怒火竟然让他以异常平静的声音说：“小建，咱们见个面吧。”

两人约在一个酒吧见面。赵宁进去后看到一个眼圈红红的年轻人，二话不说上去就是两个大嘴巴：“浑蛋！”

小建摸了一下火辣辣的脸，说：“我和丁一姐就是在这儿认识的。”

赵宁一下子就泄了气，瘫坐在小建对面的沙发上。

“说一说吧。”赵宁有气无力地说。

“那天丁一姐喝醉了，一直不停地要酒，我看她一个人，就吩咐酒保，别再给她上酒了。然后她就开始跟我聊天。她说她有一个令人羡慕的家，她知道他老公很爱她，非常爱，就像从前一样。但是她不像从前那么快乐了。”小建看了赵宁一眼，眼中有几分怨气，继续说道：“她说你特别忙，她说她知道你是在为她努力，她说她喜欢看你成功，因为她爱你，像从前一样爱，她说她不能因为你不能陪她就阻碍你的成功，那样的话你就该不快乐了……”

“别说了……”赵宁已经泪流满面，莹莹泪光中仿佛丁一就在眼前，他很想说些什么，对着虚空中的丁一说些什么，可是无从开口，泪水决堤。

“那天丁一姐喝了很多酒，我送她回家，到家后——”小建看赵宁盯着他，说，“我用人格保证，我什么都没做——她说厨房里有泡好的浓茶——是给你泡的——让我倒给她。”

“从你们家就看得出来，你的事业很成功，很不容易，”小建看着赵宁说，“但是你不觉得，那么大房子让丁一姐一个人住，她会害怕吗？”

赵宁颓然地摇摇头，不知如何回应。

“丁一姐喝了茶，酒醒了一些，说谢谢我，她还留了我的电话，说改天请我吃饭。”

“然后呢？”

赵宁不想让自己最后的一点尊严被践踏。

“你以为呢？”小建轻蔑地哼了一声，“你的思想怎么那么脏？然后？然后我就走了！”

赵宁暗自松了一口气。

“丁一姐是爱你的。这一点我非常肯定。我们之间什么都没发生。她的心一直在你那儿。我……我就算是她眼中的小弟弟吧。”

“不过说实话，不怕你生气，我是真的爱上丁一姐了。”

“为什么？”赵宁的敌意渐渐减弱。

“我也不知道，我就是觉得她很可怜，没人陪。她笑的时候很好看，可是她不怎么笑，我想让她笑。”

听着别人对自己妻子的表白，赵宁心里没有一点醋意，也许是斯人已去，无处安放的爱与思念找到了共鸣，找到了出口，在小建的描述中，仿佛亡妻就在眼前。的确，赵宁心中关于丁一的比较深刻的印象大都是相对遥远的时候，越是近前印象越模糊，小建的叙述让那模糊的印象渐渐清晰，赵宁心里竟有一丝感激。

“我们平时也就是发发短信，见面很少。丁一姐说她很自责，觉得这样对不起你。其实我很难过，我也不想勉强她。所以就说，让她跟我联系，我绝对不主动联系她。”

赵宁的目光渐渐柔和，眼前这个同样深爱着自己妻子的年轻人竟让他有一丝感动。

“那天晚上，她给我打电话。我一听就是喝多了的样子，我要去接她，她不让，她说你那天晚上出差回来，她要等你去接她。结果……应该就是那天晚上出事的……”

小建已经讲不下去了，两个男人面对着面无声地掉泪。

他爱她，非常爱，像从前一样。她的离去让一切戛然而止，但他不顾一切地想要了解关于她的点点滴滴。

他爱她，也非常爱，年轻的爱不求回报，只想看到她笑。

赵宁努力平复自己的情绪，看得出来，小建也在使劲压抑。

赵宁忽然伸出手，吸了一下鼻子，说："谢谢你照顾她。"

小建惊诧地看了他一眼，也伸出了手。

赵宁用力握了一下，回头招呼酒保，要了两杯酒。他端起酒杯，说："再讲讲吧，我想听你说丁一。"

丁一的突然离开，将赵宁那装满两人相亲相爱的心摔得粉碎，他现在需要回忆，需要不停地回忆，不择手段地寻找关于丁一的所有蛛丝马迹，他才能得到些安慰，才能让那无法继续、无处安放的爱有所归依。

小建听了赵宁的话，也端起酒杯，却说："我真的不想再回忆了。每想起一次丁一姐的笑脸，我的心就像碎了一次。"说罢端起酒杯一饮而尽。

04　多希望你不曾遇到我

1
one

郁闷，烦躁，空虚，无聊，寻找，失落，茫然，迷惑，孤独，寂寞，独立，依赖，脆弱，坚强，沉稳，轻狂，压抑，释放，满腔热情，一脸冷漠，积极向上，犹疑不定，自命不凡，妄自菲薄，左顾右盼，踟蹰前行，怀疑一切，相信一切，热爱生活，厌倦生活，抱负远大，没有理想，丰富多彩，单调乏味，头脑清醒，浑浑噩噩……

这是我能回想起的十八岁时所有的状态，无比矛盾却无比真实。

我不知道如何描述那时候的生活，就像到现在我也依然不知道生活的意义何在。

这些年来，我好像只学会了一件事：像个傻子一样张开双臂，看着时间以及一切迎面而来，又擦肩而过。

一切都是虚空，一切都如捕风。

人们都说青春灿烂，可回想起十八岁，好像只剩下了尴尬。十八岁的你，不再是小孩子了，眼睁睁看着童年的天真烂漫消散而去，可是大人的世界就像玻璃窗外的风景，近在咫尺又遥不可及。

时至今日，令人沮丧的是，当时的诸多经历并没有什么值得骄傲的。如果时光可以倒流，我真想回去对那个幼稚、可笑的自己说，求求你别这样。每当想起某一件过去的事，我脑海里的第一反应都是如此。

这样的事有许多，比如，我为什么会和刘丹在一起？

2
two

我和刘丹的故事得从高三说起。

高三唯一不缺的就是考试。学校里为了制造紧张气氛，给学生施加压力，把每次考试都叫作“高考第 × 次模拟考试”，简称“× 模”，所以我们把考一次试戏称为“摸一把”。

那是一个四月，也不知是“摸”第几把了，刘丹和我在一个考场，坐我前面。不过她和我不同班，我们大概属于那种互相知道名字但连招呼也不打的同学关系。

当时男生中间流传一个“年级女生排名”，刘丹排名第七，当然这个排名与成绩无关，而是根据外形来的。

全年级“第七号”美女坐在我前面，这种枯燥的考试好像也不那么枯燥了。

对待这种“摸一把”的考试没人真正上心，能抄则抄。下一场是政治考试——最能展示作弊技能的科目。

我坐到座位上时刘丹正和周围的人聊怎样作弊。

我插不上话，就在那儿偷眼看她并且在脑海中回想那个排名。刘丹有一双不大的眼睛，小鼻子小嘴，什么都小，小巧玲珑的感觉。

而我一直认为女生眼睛要是不大就算完，可刘丹的出现把这一理论彻底推翻。这种奇妙的感受让我对眼前这个人竟然有了那么一点好感，令我有想要认识她的冲动。

忽然，刘丹回过头来，问：“你怎么考啊？”

她意思是我如何作弊，我如实相告：“把课本坐屁股底下。”

“倒挺简单直接……哎，你知道吗？我们一同学把课本、复习资料都缩印了一遍放兜里等着看呢。”

听那口气，倒像我们相识已久。

“他那是闲得蛋疼。”

一句只在男生范围内流传的“不文明用语”让我当着七号美女的面说了出来。

刘丹很惊讶地看了我一眼，便回过头去，我看不到她的表情。

我想，这下完了，形象全毁了。

过了一会儿，她又回过头来，说：“待会儿全靠你了。”

我说：“没问题。”

我和刘丹就这么认识了。

我们两个回家正好顺路，于是每天晚自习之后，很自然地开始结伴回家。回家路上，我们的话题无非是抱怨老师、发泄压力。很多时候都是刘丹在说，我在听。

慢慢地，同学们看到我俩就开始起哄，认为我们两个谈恋爱了。对于这个说法，我一点都没放在心上，可是刘丹，好像有那么一点害羞。

有一天下了晚自习，我和刘丹在路边吃冷饮。我专心吃着冰激凌，刘丹喋喋不休地说着什么。忽然，她不说话了，目不转睛地看着马路对面。

马路对面好像有一对情侣在表白，刘丹看着看着，眼睛里竟然也溢满泪水。

我看着她，路灯下的她似乎格外美好，我的心里忽然充满柔情，不知道是哪里来的勇气，我抬手拍拍她的肩膀说：“有一件事情我想跟你说。”

刘丹回过头看着我，说：“正好我也有一件事情想和你说。”

“要不然一起说？”

我们两个同时说道。说完，两个人都有些惊讶地笑了。

“不如……我们两个在一起吧。”

几乎同时脱口而出，就连语句间的停顿都一模一样。

说完，刘丹似乎有些害羞，低下了头。

那一刻，我几乎不敢相信自己的耳朵。

忽然，刘丹抬起头，我们两个互相凝视十秒钟，又一次异口同声地说：“你没耍我吧？”

3
three

一段当时看来奇妙无比而现在想来奇傻无比的经历就这么开始了。

如今想来，当时的我和刘丹就像在水面上随波逐流的两片枯叶，没有方向。偶然间碰到一起，就一起随着水流漂去，遇到河流的分岔口，又注定要各自漂远。

我们两个不在一个班，每天能够在一起的时间只有放学回家的路上。

直到现在，我都没有想通我们为什么会走到一起，虽然耳语缠绵的时候我曾说过我爱她，可“爱”又是什么呢？难道就是我们每天这样轧着马路聊天斗嘴的无聊约会吗？

其实，那个时候的我根本不懂得什么是“在一起”，我和刘丹曾经共有一个日记本，上面有我和她写给对方的日记。这本日记以及我们之间所有的信件甚至只言片语的纸条我都保存了下来。当初是为了证明我们的感情多么好，可现在，那些东西成了我自己嘲笑自己的证据。

当时我以为我期待的爱情已到来，可是现在回首望去，又感觉那个傻得可爱的小屁孩不是我，并且为自己的某些冒傻气的行为羞愤不已，恨不得去抽自己两个耳光。

如果非要给我和刘丹当时在一起找一个理由，大概就是高三的生活太无聊了，压力太大了，我们都需要做一点与众不同的事情，去突破一点禁忌，去发泄一些压力。

刘丹怎么想的我并不清楚，至少我是这样。

很快，高考结束了。我整个人像泄了气的皮球一样无所事事，就连约会都无法提起精神。高考之前，我俩就像并肩作战的勇士，互相鼓励，携手前进，如今“战争”结束，无论成败，似乎再也没有把两个人绑在一起的理由了。

高考之后的暑假，空洞、漫长、无聊……我无事可做，每天胡思乱想又浑浑噩噩，常常陷在某种情绪中无法自拔。有时一夜不睡，有时一天不醒。

刘丹给我打过几次电话约我出去，我都拒绝了。在电话里，我能听得出来，刘丹有一点不开心，可是那一点不开心好像也不是那么严重。

4
four

而我，毫无规律的生活让我开始苦不堪言，那天早上我头疼难忍，想要睡去却格外清醒。

正在不知所措之际，电话突然响起，是死党丁宁找我。

我冲了个凉水澡，试图让自己清醒，推门而出。

我和丁宁一见面，他就说："走，我请你吃饭。"

"哎，怎么了？"

我感觉不大对劲。

"这么长时间不见，想你了——你说你这人，我请你，你还问这问那，像话吗？"

我知道问不出什么来，就说："那好，走吧。吃穷了你可别怪我。"

我们向以前下了晚自习常去吃夜宵的一个小馆走去。

路上，丁宁几乎没怎么说话，一改往日活泼的形象。

"唉，真无聊啊。"丁宁突然冒出一句。

"你也觉得无聊？"

他没搭理我，又说："哎，你说咱们这一天一天干吗呢？做人真他妈痛苦。"

"你小子到底怎么了？"

"没事儿。"

本来我以为自己的状态只是个例，不料好哥们儿也和我一样。

到地方落座以后，丁宁什么吃的也没要，直接说："两瓶啤酒。"

酒上来以后丁宁抓起来先灌了半瓶子，然后说："我和吴薇彻底完蛋了。"

一句话让我的心里好像堵了一块大石头，我想，不知道我和刘丹算不算也彻底完蛋了？不不不，我们不一样，完全不能相提并论——

丁宁和吴薇是我们公认的"模范情侣"，两人从初中就在一起，上一个高中，好得让人嫉妒。这俩人要是分手简直不可想象。可是现在……

我们两个人最后喝得酩酊大醉，各自诉说着心中的苦闷。我说着我想说的，没人理我；他说着他所想的，我也不理他。我们两个就面对面坐着，说着，像两个活在各自世界里自言自语的傻瓜。

那时的我们都还没有学会将痛苦深藏在心底，都希望别人来关注和安慰自己，却没想过别人也有难以言说的痛苦——我们都还没有长大。

那一夜，我们两个手舞足蹈，滔滔不绝，时而大笑，时而哭泣，形同白痴。

那场大醉之后不久，我们都收到了大学录取通知书，我以为，新生活即将开始，是时候把过去丢在过去了。

5
five

可是谁也没想到，刘丹会再打电话找我。

她约我出去，很坚持的那种。

我再次见到了刘丹。她还是那么小巧可爱，但我心里已没什么感觉。对那时候的我而言，“刘丹”以及关于她的一切已是过眼云烟。而回头来想，最可笑的是，我没有任何交代，就单方面决定了终止共属两个人的情感。

打过招呼之后，刘丹说：“怎么这么长时间不找我？”

我沉默了好久，实在不知道该怎样把这些日子我心里想的所有事情、所有感受说给她听。

没办法，我只好撒谎说：“回老家去了。”

“老家有意思吗？”

“没意思。”

“大学有着落了吗？”

“有了。”

“你填报志愿怎么都不跟我商量一下？”刘丹好像有些生气。

“你也没有跟我说啊，我以为你不想跟我在一起了呢。”说出这句话，我都觉得自己无耻。

刘丹听完我的话似乎快要哭出来了。

一阵可怕的沉默之后，她说：“我们之间——能不能还和以前一样？”

“不能。”

她愣了一下，可能她没想到我的回答这么冷酷决绝。

过了一会儿，她又说：“我们重新开始，好吗？”

“不好。”

她再次愣住，眼泪终于夺眶而出。

“你怎么了？”

“没事儿。”

“你知不知道我是真的喜欢你？”

“随便吧。”

“你——”她的声音已经哽咽了。

我不知说什么好，站在那儿不动。

忽然，她紧紧抱住我，伏在我肩上泪如雨下。

我的手停在半空，不知所措。

过了好一会儿，我拍拍她的头。

她放开我，低头啜泣。

我知道我什么也做不了，就再次拍了拍她，转身走掉。

那一瞬间，我觉得自己不过是一粒渺小至极、无人知晓的尘埃，在这个世界上漂浮着，时而上升，时而下坠，时而前进，时而后退，我无法控制我自己，也无法把握自己的方向，无法看到我最后的归宿。更不知道，什么是爱。

回想起我和刘丹的故事，不过是在青春里，我们一起聆听了一次花开的声音，也目睹了一次花落的寂然，然后散场。

如同捕风。

05　他爱她，她爱他

莫北想说的

上大学不久，我听说吴征和子木好了。这世界真他妈滑稽。吴征是我的好兄弟，没有人能够像我俩一样臭味相投。高中的时候我开始写一些很装 × 的诗；而吴征比我更装 ×，他可以把汉字排列成七个字一句或五个字一句，制造出课本上说的七言诗或五言诗，并且挺像那么回事儿，合辙押韵的。我们的友谊始于惺惺相惜。

之后的一段时光单纯快乐，虽然现在看来有些傻。我和吴征几乎总是形影不离努力过一种当时渴望的诗人的生活。我们一起抽烟，一起喝酒，一起逛书店，一起交流重口味笑话，一起愤世嫉俗。当我们喷着烟说出“人生”“理想”等等这类虚幻宏大的字眼时吴征严肃认真的眼神以及看某些艺术电影时他流下的眼泪都使他看起来比我更像个诗人。这些从在我们被高三折磨得焦头烂额的时候他说的话就可以看得出来——“莫北，你说这世界还有希望吗？”

就在我们即将绝望的时候——仅仅是“即将”，我们谁也没有绝望——我的希望又冉冉升起。我写了很多情诗，女主角是我们的同班同学，子木。吴征发现这一秘密以后便极力促成这件美事。我说过，他像个真正的诗人，诗人总是渴望发现美的事物。

当时他和子木坐得比较近，上课的时候他就用纸条和子木你来我往。当然，内容和我有关。

那些纸片至今我还留着，在吴征的狂放和子木的娟秀后面还有我十分装 × 的评语，说他们的谈话足以体现汉语的博大精深什么的。

过了不久，他们就没机会展示博大精深的汉语了，子木成了我的女朋友。

同时吴征也没有绝望，因为有一个叫作岳菲的女孩已经做了他两年的情感支柱。只是这两年里吴征仅仅以追求者的身份出现。吴征不止一次地对我说，为什么我就成不了胡兰成？——我们曾将岳菲比作张爱玲。岳菲一直没有答应他，这让他看起来更像个执着的诗人。

后来我们都上了大学。令人倍感欣慰的是，吴征和岳菲进入同一所大学。子木也在那个城市的另一所学校。我独自一人来到南方。开学前我和子木和平分手。

完全陌生的环境使我仿佛一下子与吴征切断了联系，我不再装 ×，不再写装 × 的诗。看那些因为高中过分压抑而对一切学习之外的事情抱有病态兴趣的同学们手里的诗集或几句所谓的原创，我心里会忧伤地想，我从前也是这样。除此之外，让我更加忧伤的是吴征以前的一句话：你说这世界还有希望吗？

在与吴征连绵不绝的信件往复中我一点一滴地知道，他和岳菲无疾而终，确切地说是他不再执着；他和另一所学校的子木联系上了；他不再写诗，但开始了更为傻 × 的“小说创作”；他和子木好上了；他看了纳博科夫的《黑暗中的笑声》，劝我也看看；他和子木因为买衣服的事吵架了；他写了一篇关于时间的小说；他又和子木因为去哪儿吃饭而大吵一通；他觉得很难过；他不知道该怎么办；他的小说被杂志社退稿；他和子木分手了……

吴征想说的

岳菲，那天傍晚我从食堂回来，我看见了你。你的旁边还有一个男生，应该就是你的男朋友吧。奇怪的是，我心里竟还是有一些难过。虽然我们在同一所学校，但我们碰面的机会却不多；以前我看到你，总是会躲开或者低头匆匆离去，我想，你肯定不会看到我的——上大学以来，我从没有像今天这样仔细地看过你，你还是那么漂亮，头发变长了，不再是从前的身着学生装、齐耳短发的你了。你看起来心情不错。和旁边的男生很自然地牵着手——我心里又是一紧——有说有笑，但是你的眼睛没有变，真的，暮色中我还是看得很清楚，当时我们就是因为这双眼睛才把你比作张爱玲的。即使你在笑时眼睛里还是有些许忧伤。那天，我认识你的那天，就是这双眼睛吸引了我，现在仍然是。不知道你现在怎么样。从前，唉，以前的事就不提了，反正都过去了。对于过去的事，我们又能怎么样呢？

你知道的。我和从前与我们一班的子木好了一段时间，但是现在分手了。

刚上大学时，面对完全陌生的环境我觉得很无聊甚至有些害怕——这话让莫北听到他一定会取笑我装×——我很想和你见面，说几句话。就像从前一样，每次在送你回家的路上和你聊天，你几句话就可以让我心里平静下来。可是我没有勇气，我很担心你我之间是不是还和从前一样。我已经受够了这种被折磨却不敢面对你的感觉。我想要改变。但是陌生世界带给我的不安越来越强烈，我想要回到过去，回到和莫北一起写诗的日子，回到和你一起逛书店的日子。

这样的感觉让我无所适从。每一个从前的朋友都可以勾起我无限回忆。那天中午我收到了子木的短信，就和她聊了几句，脑海中全是从前我帮莫北追她的情景，她和莫北在一起的情景，还有当时我为了你而伤脑筋的情景。我们说起从前，我想到的是关于你的一切，心思已不在短信上。

岳菲，这种感觉已经困扰了我三年，你总是占据我的全部，和子木说着从前，我以为是在和你聊。

我在手机上写下“做我的女朋友吧”时仍然认为是你在读我的短信。等我意识到的时候已然来不及。更令我意想不到的是，“子木”名字下面的那条信息赫然写着：“我答应你。”

这个世界真够滑稽的，以前我的好兄弟的女朋友现在竟然和我在一起。

我和子木最开心的时候总是在回忆从前。我好像不是上大学的吴征，子木也不是现在的子木，从前的一切让我们沉沦其中。

然而现实令人沮丧，我们回到了现实中，便经常争吵。有一次我们上街买衣服——我对于衣服向来迟钝，遮体御寒即可。而子木非要拉我去一家专卖店试一件她认为好的。

“你看这衣服穿起来多好。”

“无所谓。”

“你怎么这样？衣服不只是穿给自己看的，总要给别人一个好印象吧？”

“别人是别人，我是我！”

“吴征！别那么固执好不好？不要觉得别人都会顺着你！”

“管它呢。”

“那你一个人‘无所谓’吧！”

子木眼睛红红地走了。我站在原地有点不知所措。

岳菲，你从来不会这样的，和你在一起我才是真正的自己。我很讨厌自己，怎么和别人在一起总是想到你。这样对别人太不公平了。我他妈就是个大傻瓜！

我追上子木，拉住她的手说“对不起”。她眼含泪水望着我。

我将她紧紧抱住，在熙来攘往的大街上，两个人抱着。就像我不顾一切紧紧抱着我不愿失去的从前。

一切重归平静。你只是偶尔闪现但也无碍大局。我以为事情也就这样了，在给莫北的信中我不再絮叨我的生活琐事，开始谈我最近的小说。他在回信中笑我装 ×，但是我觉得，他一点也没变，从前也是这样，偶尔严肃，偶尔嬉皮。真他妈的，我怎么总是提起从前。

岳菲，我真的以为也就是这样了，你和我再也没有交集，我只能像封存从前的时光一样将你封存在心的最深处。莫北也在信中让我好好过，好好看我的书，好好写我的小说，好好和子木在一起。我心想，那就这样吧。

但是，我还是和子木分手了。

那天子木生日，我们在肯德基吃完饭之后去看电影。肯德基，这样的垃圾食品我一点也不喜欢。但子木就像个长不大的孩子一样痴迷无比。在那样喧闹嘈杂的环境里味同嚼蜡一般吃完她认为的美食，我的心情实在好不到哪里。

电影院里黑乎乎的，几乎全都是情侣。子木很自然地窝在我的怀里看电影，并且不时仰头吻我。到了后来，电影几乎不看了，我们总在接吻。就在一次悠长的吻尚未结束时，我的脑海中忽然浮现出你的笑脸。我的心里一下子撕扯般地疼痛，眼里开始充满泪水，眼泪还很不争气地滴在子木的脸上。黑暗中我们分开一点，子木抚着我的脸，问："怎么了？"

我摇摇头，吸了一下鼻子，将她紧紧抱在怀中，眼神却飘向最黑暗的地方。

之后，我便有意躲着子木。我可以忽略我不喜欢的衣服、不喜欢的食物，却难以忘记当时心里撕扯般的疼痛，特别是我在和她接吻的时候。慢慢地，一切云淡风轻，我和子木分手了。我的心中满是歉疚。

岳菲想说的

吴征和我上了同一所大学，但是我们碰面的机会却不多。仅有的几次他都低着头匆匆而过，仿佛是有意躲着我。我知道，他还是忘不了从前的纠葛。他喜欢了我三年，但是我一直没有答应他。有时候想想，挺对不起他的，一个像他那样敏感的人一定有很强的自尊心。

我和吴征当时其实就差我的一句话。我挺喜欢他这个朋友，很有才华，也曾经很让我感动。但是我不想让他做我的男朋友。我也说不出为什么，感动到心动之间的距离我们始终无法跨越。

我知道他特别喜欢我，所以我不忍心伤他的心，所以经常和他在一起，让他送我回家，在路上说一些安慰的话，我相信每一个拒绝别人又不想让他伤心的女生可能都会这样做的。偶尔和他一起出去，去书店，去唱片店，去一些我们都喜欢的地方。在路上他总是和我并排骑车，一旦被行人分开他的眉头就会微微皱起。这个细节让我有些感动，但也仅仅是感动而已。

上了高三我们很少出去，吴征的情绪看起来也越来越坏，我们很少说话，但是每次他注视我的眼神让我知道，我在他心中仍然很重要。

直到高考结束，吴征过生日，我准备送他一个礼物。于是我问他："想要什么？"

他很自然地说："《追忆似水年华》。"

那是一套很贵的书，书名很漂亮。我和他一起去书店买了送他。回来的路上，他对我说："我也想写本书，也叫《追忆似水年华》。"

"好啊，回忆一下从前。但是不要太恨我哦。"

"怎么会。"吴征轻描淡写地说。

我看了他一眼，他也正在看我，眼中满含柔情。

报志愿那天，吴征给我打了个电话，之后没多久我们收到了同一所大学的通知书。

面对陌生的环境谁都会不安。很快，我的白马王子出现。他和吴征相比也没什么过人之处，但我就是喜欢。这种事谁也说不清楚。

后来我听说他和子木在谈恋爱，心想也好，大家都开开心心的，最好不过。但是，在我们学校情侣出没的湖边，我看到吴征和一个很有气质的女生在一起。我把吴征偷偷指给我的男朋友看，说："那是我的高中同学。"他说："哦，他旁边那个女生有一点像你。"我打了他一拳说："不许胡说。"心里却有一点怅怅的。

吴征和那个女生只是聊天，没有其他亲昵举动，并且他的脸上带着我很陌生的表情。忧伤？寂寞？我不知道。我的心里仿佛微微一颤。

我转头吻了一下我的男朋友，牵起他的手说：“咱们走吧。”

莫北和吴征

吴征来信说他又认识了一个女生，从他的描述中我越来越感觉他说的是岳菲。这小子的心思我明白。

那个女孩名叫安安，一个好听的名字。和吴征一样，有着一些装 × 的爱好——本来这样说一个女生不太好，但是因为她的那些想法和吴征简直如出一辙。真的，从前我也曾经是这样，但是现在，我实在觉得，那太不现实了。一些美好和理想仅仅存在于想象中，而现在我的想象力已经枯竭，时间早已将它带走——就像现在吴征描述的安安，我已经不能凭空想象，只能依附于岳菲。

安安简直就是另一个岳菲。同样的爱好，同样的脾气，同样的气质，也难怪吴征会对她另眼相看。但是，我很为吴征担心，一个不好的念头一直挥之不去——安安是岳菲的替身。

有时候我都会被吴征感动。一个执着的诗人对一个女生如此坚定。有时候我真不知道他是对岳菲执着还是对“喜欢岳菲”这件事而执着。我明白，大家都是念旧的人，过去的时光柔软而美好，它承载了我们每一次心跳与成长。但是还有未来需要我们去面对，吴征，我说的你明不明白？以后的日子还长，虽然我们不知道要走向哪里，但至少我们应该向前走。

莫北，我远隔关山的朋友、兄弟、最能够理解我的人，我跟你说了这个叫作安安的女生，真的，她能够使我安定，就像她的名字一样，就像从前的岳菲一样。

我一阵一阵地感到烦乱，不知你是否明白，那种感觉十分难受，试图寻找却不知如何是好。这或许是一种逃避。记忆是我们最后温暖的家。

我们一直渴望着回到从前，渴望时间停驻，而我要告诉你的是，只有爱才可以让我们感到温暖并指向永恒，也就是说我们渴望的是爱。路很漫长，只有爱才可以带我们回家。

我们曾经很幼稚，坚持着一些无谓的坚持，只是因为心中有爱。心中有爱是幸福的。这种幸福是一种挑战。我的朋友，我们应该接受这挑战，只有爱，只有幸福，在一切消失、散逸之后还永恒存在。存在于我们曾经的眼泪和欢笑，存在于我们写的每一首诗，存在于我们喜欢过的每一张面容，存在于我们无时无刻不在经历的每一个瞬间。

岳菲和吴征

很奇怪，莫北怎么会给我写信。拆开来一看，原来是关于吴征的。他说吴征依然爱着我，虽然现在他和一个名叫安安的女生在一起，但那个女生简直就是我的翻版。看来，那天我的男朋友说的不无道理。他还说，吴征心里的结也许永远都解不开了，也许只有我有办法。

我能有什么办法！被爱也不总是幸福的，吴征对我的感情太沉重了，我怕我背负不起。每个人都是善良的，但善良不是爱，付出不等于施舍。看到一个人为了自己执迷不悟伤心难过，你也不会好受。我也有我自己选择的权利。爱的平等是相互的。

但我们仍然是好朋友。在给莫北的回信中说，小女子一定尽力。信寄出之后，我却不知如何是好了，当我回忆起吴征与我之间的点点滴滴，我的心里仍然是一阵怅惘，有些事情谁也解释不清楚。

莫北的回信我看了一遍就丢弃一旁，这小子还是那么尖锐，她说安安是岳菲的替身。这让我的自欺欺人一瞬间就破烂不堪。和安安在一起时我尽力告诉自己，这是安安，不是别人。但是每当我们说起我们喜欢的书，谈起各自的从前，她说着让我心里安定的话，岳菲总是会不时闪现。这让我无比难过。我无法忘怀的仍然是从前的一切。

我和安安从来没有拥抱亲吻，就像我和岳菲在一起时一样。彼此享受的仅仅是对方给自己的感觉。安安，对不起。我总是将你当作另一个人。

莫北说得对，这样对别人太不公平。所以我决定，跟安安说明一切。

夏日的夜晚很适合约会。我和安安坐在湖边的长椅上，有一搭没一搭地说着话。

“安安，我想和你说一件事。”

“说吧，我在听。”

“我觉得——我很对不起你。”

“噢。”

“我一直把你当作——”我说不出口。

“替身，对不对？”

“啊？”我大惊失色。

“不要紧张嘛。我明白，前些天，有一个叫岳菲的女生找到我——当时我就奇怪，我俩怎么会那么像——她跟我说明了一切。你这个诗人……不过你没有伤害我，和你在一起感觉挺好的。我原谅你了。”

我感激地看了她一眼——她的表情中没有丝毫的愤慨。“我很欣赏你这种执着，”说着她从包里掏出一个礼物，“这是岳菲叫我送给你的，说你快过生日了，这算作礼物。并且你是个诗人，你会明白的。”

“生日快乐。回去再拆吧。”

我回到宿舍已近午夜。站在阳台上我把礼物拆开，是时下校园里流行的袖珍花卉。岳菲送我的是一株小小的向日葵。

“你是个诗人，你会明白的。”

现在是黑夜，小向日葵像我一样低着头。明天太阳升起之后，它就会面对着自己的太阳，沐浴在温暖的阳光下，绽开灿烂的笑脸。

Part 4

总有个人愿意等你

不是每个相遇都会等到久别重逢。
大概是这些一个又一个擦身错过、
天各一方，
才让你成为现在的你。

01　世界上最傻的表白

1
one

初中的时候，我很孤僻，而小伍，是唯一一个愿意跟我聊天的人。

于是我们就成了好朋友。

我们这个初中在历史上曾是女校，如今虽然已经男女同校，但学文科的还是女生多一些。

所以我校女生众多。有常识的应该都会想到，女生多，出现美女的概率就大。

于是我和小伍经常课间跑到操场上“锻炼”审美能力，顺便养养眼。

“哇噢，美女出现！”小伍惊艳道。

我没出声。

“你快看啊，快看不见了。”

我还是没出声。

“哇，她转过脸来了，太漂亮了！哇，她看了我一眼呢！”小伍的表情和语气激动得很夸张。

“快看啊，马上要消失了——哎，你小子怎么回事儿？放着美女不看，想当和尚啊？”小伍看完后回过头来抱怨我。

我依旧不作声。

“哎，我说你怎么了——嘿，小子，眼神儿一动不动看哪儿呢？怪不得不理我呢。说，长什么样子？哪儿呢？”小伍东张西望。

“别闹。没看谁，该上课了，闪人。”

我的视线中划过的是艾珊的身影。

2
two

慢慢地，我觉得自己空虚的心渐渐充实起来，完完全全地充满了关于艾珊的一切。

她的出现让我觉得阳光灿烂，一切都无比美好。

我总想时刻都看到她，哪怕只是一个背影；我总想时刻听到她的声音，哪怕只是一声咳嗽。

她成了我的上帝、我的主宰，她的笑容预示着我的天空是一片晴朗、阳光灿烂；她的沉默代表着我的世界是一片阴霾、乌云密布；她的悲伤则会让我感觉自己身处一片冰凉的雨水之中。

看到她，我会觉得目标明确；没有她，我会觉得失去方向。

这大概就是爱情的力量。

艾珊出现了。

我的爱情降临了。

3
three

可是我不知道该怎样让她知道这个事实：我喜欢她。

我也无法想象她知道后会是什么反应。

而我的感觉却如此强烈，每一个念头都在脑海中横冲直撞，就像火山爆发一样，只怕温度太高伤了我又伤了她。我不知道该怎么办。

于是我拼命压抑自己的念头，拼命克制自己不要去想。但是没有用。艾珊在我心里就像生了根一样难以拔除。即便暂时忘记她一会儿，心里也马上会空虚至极，无所适从。冥冥中总感觉前方有什么在向我招手，吸引着我，使我不得不继续前进，继续等待。待走近一看，原来是艾珊的笑脸。

说还是不说？这是个问题。

“你的情绪好坏哦。”小伍模仿台湾腔逗闷子。

“怎么说话呢？把舌头捋直了。”

“说正经的，你到底怎么了？”

“告诉你别跟别人说啊。”

“废话，说吧。”

我幸福地长叹一声：“坠入情网啊。”

小伍一脸惊奇：“谁？你？看上谁了？”

“艾珊。”

“她知道吗？”

“我不知道她知不知道。”

“笨蛋，快让她知道啊。不让她知道，憋在肚子里干吗？”

“万一她要不喜欢我呢？”

“真白痴，不试过怎么知道结果呢。”

“有道理。”

“废话。快让她知道吧。”

“怎么办？”

“哎呀，连这都不知道，没救了——当面说给她听、打电话、写信，随你挑。”

“这行吗？”

“把‘吗’去掉！”

4
four

我选择了写信。我对自己的笔非常有信心。同一件事用嘴说，我可能思维混乱表述不清，但若用笔写，一定是条理清楚、层次分明，外加文采飞扬。

但愿这次我的生花妙笔生出的是一朵鲜艳的玫瑰花。

对于诸种表达方式，我最喜欢的就是写信。打电话吧，有些酸话不能说，也说不出口。而且，无论说什么都没有保留的机会，只一遍，听过就算——不像写信，在人家思想斗争激烈时可以再翻出来体会一下，自然不易失败。当面说和打电话差不多，唯一不同的是失败的可能性更大。因为我还从来没有成功的经历……

写信吧，就不一样了，想说什么尽情地写，还可以永久保存，让人家多看几遍，说不定看了几十遍之后就被感动了呢。实在不行，人家女孩讨厌你，写的信也可以让她撕了发泄，不至于一肚子怨气都撒到你身上，让你失恋之外再承受别的痛苦。

不只是我一个人喜欢写信。当初梁实秋跑到台湾，喜欢上了歌手韩菁清，可当时老梁已年近不惑，不比年轻小伙子可以到老韩家扛个煤气罐献个殷勤啥的，于是他老人家开始写信。一直写，写到最后，韩菁清追到手，还出了本书叫

《雅舍情书》，精神与物质双丰收。

还有徐志摩。当时老徐眼睁睁看着林徽因跟梁思成跑了以后，痛苦之余将笔头对准粗通文墨的交际花陆小曼。结果和老梁差不多，出了本《爱眉小札》，陆小曼也死心塌地跟了他。虽然郁达夫和王映霞最后不欢而散，但郁先生当初疯狂追求、情书一天两封的精神，非常值得我辈学习。

5
five

信早已写好，只是苦于没有机会给她。

下午是一节物理课、一节化学课。

这种心乱如麻的情况下，就连课外书都看不了太深太严肃的，只能消遣一下。于是我从家里拿了一本《零下一度》。

课间我正来回乱翻试图找一篇可以一眼看下去的文章时，艾珊问我："你是不是买了那本《零下一度》？"

我把手里的书一扬，说："这不就是嘛。"

"借我看看吧？"

"韩寒的烂书没劲。"

"你那是嫉妒——我喜欢，不行啊？"

"行行行。你让我熬过了化学课放学再给你行吗？"

"嗯，好的。"

化学课上我还是来回乱翻。翻着翻着，计上心头喜上眉梢。书是看不下去了，浑身热血沸腾，心中的激动难以抑制。快放学吧！

时间并没有因为我的激动和兴奋而加速前进。好不容易熬到铃响，我把信夹在书中递给艾珊就赶忙抓起书包奔向门口，我不想让她当面拒绝我。到了门口我又舍不得走了，站在那里偷偷看她的反应。

艾珊很快看到了夹在书中的信。她一脸惊奇地打开，在周围此起彼伏的喧嚣声中静静地看。我的心提到嗓子眼儿了，她看完后我也紧张到了极点。还好她没有撕，但我看不出她的表情有什么变化。

当天晚上我毫无食欲，作业也没做，先是坐在书桌前发呆，然后躺在床上继续睁着眼睛发呆，脑子里混乱到了极点。

我不知道自己是具体什么时间合上眼睡去的，反正睡着以后也没闲着，两个反差巨大的梦都被我做了一遍。早上醒来发现枕巾湿乎乎的，不知是因为那个被拒绝的梦流泪了还是因为那个被接受的梦激动地出汗了。

6
six

第二天早上，我在学校门口碰到艾珊。

我强忍住内心的某些情感，打了声招呼准备要走。

“等一下。”艾珊叫住我。

“我？”紧张死我了。

“这个，给你的。”她递给我一个漂亮的信封。

“噢。”我已经不知该说些什么了。

真后悔不该提心吊胆地去看信，看完以后心就再也放不下来了。可是我知道，就算是平心静气地去读，读完也依然不会安宁。因为艾珊并没有给我一个明确的回答。她只写了一句话——“以后放学我们一起回家吧。”虽然不是对我的感情明确的回答，但我还是颇为高兴。

从此之后，每天放学我都在校门口等她。

我已经记不得当时我们在路上说了些什么，艾珊的家距离学校非常近，骑车的话用不上五分钟。我这一路心情颇为复杂，满脑子都是她的那句“一起回家”。直到最后她说“我走了，Bye。”

我才回过神来说：“嗯，再见。”

她的信到底是什么意思？算是接受还是拒绝？

之后的一切发展都出乎我的意料。

每天放学回家的那段路途是最令我感到快乐的。虽然最多只有五分钟，但仿佛这之前的整整四个小时都是在为这五分钟做准备。

我们在一起，像极了学校里出入的学生情侣，每天我送她回家，在别人看来很浪漫，可是只有我自己知道这只不过是心酸的浪漫而已。

我们在一起，从来没有别人想象中的喁喁情话或者缠绵悱恻。

我们只是聊天，聊一本书，聊一张唱片，聊天气，但却从来没有说过我们之间的感情。我的内心充满了不确定。艾珊从来没有给我明确的答案。

我自从看了她的回信就一直忐忑不安，我不知道最终结局会是怎样。

每当我想起这些就总是想哭。我不知道问题的症结在哪里，我也想不通哪里做得不好。这些感觉没有人能理解。我把艾珊当作离我的心最近的人，可是这些我却不能向她一吐为快，因为我不想给她任何压力，不想让她为此变得很沉重，我拼命地小心翼翼地保护着她的单纯和美好。

在那些与艾珊断断续续、若即若离的日子里，我对她的感觉并没有消减半分，只是内心无比压抑。

那时候，脑袋里想的东西说出来都大得吓人，像“人是什么东西”“人的情感又是什么东西”“人为什么会有情感这东西”等等诸如此类。我每天孜孜不倦认真思考，然而思考的结果是没有结果，脑子像短路一样，十分难受——我他妈怎么这么笨，连这么个问题都想不通。

7
seven

和艾珊出去过几次。

每次我都想：唉呀，好机会啊，一定要抓住，老子的爱情触手可及。

可是每次回来想想她对我的态度、我们之间的聊天之后我又会想：唉呀，没机会啊，不可能抓住，老子的爱情遥不可及。

唉……觉得自己像个疯子。

我们经常去书店。我从来不敢去牵她的手，不是不想，是怕她从此不理我。她特别喜欢在书架间钻来钻去找自己喜欢的书。开始我还跟得上她，她在哪儿我就在哪儿。可是，我们在同一个书架前看一会儿书之后，她便不知不觉地到别处去了。当她不在我的视线之中时，我的心便会猛地一沉，然后急切地在一排排大大的书架间寻找那个我熟悉并且深爱的身影。此时我的心中一片柔情，就像在寻找一个贪玩的孩子。每每找到她，我就会松一口气，心中毫无责怪之意。但愿她能明白我看不见她的时候和在书架与人丛中寻找她的时时心中是怎样的惊慌。

她站在书架前，认真地看着手中的书，我在旁静静欣赏她那张我深爱的脸。刹那间，我竟希望时间静止，人流消失。

这样的画面日复一日。

8
eight

天气渐渐凉了，我开始在学校里度过整个白天。早上出门与晚上放学的时候都“暗无天日”。

走在路上时常会有落叶飘荡着从我眼前划过。脚下没来得及扫去的落叶也已是厚厚一层，走在上面簌簌作响。偶有汽车驶过扬起一片叶子，也很快飘摇而落，不过是昙花一现。大街上没有什么人，空荡荡的，一如我的内心。

我总觉得那些飘荡的落叶像是自己，飘飘荡荡，不知道接下来会发生什么，也许又会被一阵风扬起，也许会随着驶过的汽车疾飞而去。那落叶丝毫不能把握自己，就和我一模一样。

转念一想，我又羡慕起那些枯黄的叶子来，无论怎样，它总知道自己会落在地面上。而我呢？我最后会怎样？

连落叶都比我幸福。

有些问题我知道可能谁也无法解答。但我们总不能轻易放弃寻找正确答案的方向吧？就像我们必须找到自己的方向一样。

我还有那么一点点信心，所以我试图做一些改变让自己好受一点。换句话说，不把那残存的信心折腾完，我不甘心——却丝毫没想过信心尽失以后我将何去何从。

于是，我厚着脸皮屡次向艾珊暗示。

可她决绝的答案是——高中三年不谈恋爱。

我对她说："爱情没有'早'或者'晚'，只有'有'或'没有'。"

然后她回答我说："我现在没有。"

我又说："现在没有可以培养嘛。"

但她又说："快期末考试了，考完试再说吧。"

艾珊是爱学习的优等生，期中那次没有考好，不言不语难过了好几天，所以她这么做我非常理解。

我也不想因此事影响到学习。而且，我个人认为，那只是小女生的矜持在作怪，只要我的脸皮稍微再厚一点不就可以轻松搞定？

于是，我专心致志地等她期末考试后"再说吧"。

很快，考试结束。

寒假马上就要到来，一个假期是可以改变很多事情的。

况且老师早就教导我们"今日事，今日毕"，那么同理，"今年事"也要"今年毕"。

于是，我旁敲侧击暗示，我的意思艾珊当然明白，但她仍是不置可否。我真是傻得可爱，也不知是哪根筋搭错了，居然固执地认为艾珊是喜欢我的，只是不肯说罢了。因此我紧追不舍。

9
nine

晚上放学路上。

我说：“我一直在等着你的‘再说吧’。”

艾珊沉默许久。

“怎么不说话？”

艾珊说：“咱们做好朋友吧？”

我一下子愣了，不知说什么才好。

过了好大一会儿才反问道：“好朋友？！”

她又改口说：“铁哥们儿，也行。”

我突然忍不住笑了，对她说：“我和我铁哥们儿可以手牵手、勾肩搭背，和你可以吗？我和我铁哥们儿可以一起洗澡一起睡觉一起上厕所，和你可以吗？”

她没想到我会这么说，一时语塞。

我又说：“不行吧，男生女生之间要么是情人，要么是敌人。”

艾珊说："我不想做你的敌人，只想做你的好朋友。"声音很诚恳。

我嬉皮笑脸地问："把'好'字的右半边删除可以吗？"

她想了一下，说："不行。"

艾珊说这番话时表情很严肃，一点也不像开玩笑。我看了一下她的眼睛，那冷冷的目光避开我的视线直视前方。我的心一下子紧缩起来，突然感觉这个冬天格外的寒冷。

我的声音变得沮丧起来，问："这就是现实吗？"

"对。"她的口气坚定不移。

"这个现实让我很难接受，给点希望好不好？"我近乎乞求。

艾珊说："如果非要说希望的话，我也说不好，因为……高中三年我都不准备恋爱的。"

我的心突然抽搐一下，打了个寒战。好像有人在我胸口打了一拳，憋闷且呼吸困难；紧接着鼻子上似乎又挨了一下，酸得要掉眼泪。我急忙仰头看天，装作不在意的样子。

"那我的高考倒计时从今天起就开始了啊。"

说完这句话我想故作轻松地笑笑，可是却笑不出来。

艾珊又说："那——没事了吧？我先走了。"

我点了点头。就在点头的瞬间，泪水顺着脸庞悄然滑落，似乎落在心上，砸得心生疼，一片潮湿。

穿过陌生的人潮，我努力搜寻艾珊离去的背影，但泪眼朦胧什么也看不清，身旁有人走得匆忙，有人爱得甜美，谁也不会在意擦肩而过的我的心碎。

一个平时令我无比期盼却总是错过的场景在这一刻出现。

整条街上的路灯依次亮起来。

闪亮的灯依次亮起可以用壮观来形容，一下子整个世界都笼罩在橘黄色之中。可是我却觉得那灯光闪耀着出现不过是为了反衬我的心里有多么悲伤，多么荒凉，多么黯淡。

夜里没有风，我的心却越来越冷，遥远的时间好像没有尽头。

02 “没有用了”的爱情

磨花的 CD，折角的书，用旧的东西，泛黄的照片，还有不知道何时就消失的感情，统统都不是时间的对手。有什么办法呢？所以回首过往，对三十岁的我来说，似乎尽是些无可奈何的事情。

时光回到十年前，2008 年的那个晚上，全中国的人都在家里等着看奥运会开幕式。开幕式开始前十分种——我记得很清楚——我当时的女朋友田甜打来电话，开门见山地提出分手。这个没有任何征兆、突如其来的消息让我在这个本该普天同庆的日子里瞬间对一切都失去了兴趣。

来到比大年初一还要冷清的街上，拨出电话的我却发现田甜的电话关机，我赶到她家，敲门也没有任何反应。

就这样，在举国欢庆的时刻，我失恋了。大街上没有什么人，便利店的电视里播放着万众喝彩的画面，远处甚至还有人燃放烟花。我好像被这个世界抛弃了一样，连表达悲伤的勇气都被打击得烟消云散，只能在空无一人的街上漫无目的地游荡着……

2006年，我大学毕业，考研失败，求职不顺，拗不过家里的意思，报名参加了一个公务员备考培训班。我和田甜就是在这个培训班认识的。说实在的，那时候我并不想考什么公务员，至于将来从事什么职业，靠什么养活自己，我还没有明确的想法。所以对于培训课程也提不起太大兴趣，整天懒洋洋的，好像还在大学的教室里。

可是这个培训班的其他同学却不同，他们好像已经确定将来非做公务员不可，对于课程十分努力，对老师也十分尊敬。最让我受不了的是学员们之间的互相吹捧和各种曲意逢迎——他们都认为身边的同学将来不是进入某部就是进入某局，假以时日便是政坛上的明日之星，都是将来可以互相提携的人脉资源。看着稚气未脱的脸上演绎着故作老练的表情，我总是忍不住想笑。所以在这个班上，我好像成了异类。

田甜对于课程是十二分的努力，对于老师也是十二分的尊敬，但是并没有成为他们所谓的人脉网络中的一颗棋子。

有一次课间休息，我在走廊里抽烟，看戏一样看着那帮男生，他们做作地叫着某处长、某局长，然后安排晚上的饭局。

不知道什么时候田甜来到我的身边，鄙夷地看着眼前的好戏，说："这些人真恶心！就算真的考上公务员，恐怕将来也会是一群贪官！”

“你……是在跟我说话吗？”我有些诧异地扭过头说道。

田甜看着我：“你心里不是这么想的吗？”

我觉得这个女生很有趣，说道：“说实在的，他们将来会是什么样子，我还真没有关心过。”

“你不想考公务员吗？那你为什么要报名参见这个培训班？将来如果跟这些人竞争或者成为同事，不觉得有些难为情吗？”田甜显然对我也产生了好奇心，一连串问了好几个问题。

“拗不过家里的意思咯，”我有点无奈地说道，“那就只能来做做样子了，正好我也可以趁着这个机会，想一想我将来到底可以做些什么。”

“那你将来想做什么？”

我把烟头弹到不远处的垃圾桶旁边，想了一会儿，说：“我还没有想好。”

……

就这样，我和田甜总是趁着课间凑到一起聊天，慢慢熟悉起来。她是真的想要考上公务员，并且一腔热血满身正义地想要改变些什么。我打心里佩服她，还曾经想过，如果全世界的公务员都能够像她一样，大概这个世界会显得更可爱一点吧。

忽然，有一天，田甜对我说："不如我们在一起吧。"

我觉得她是在开玩笑，撇撇嘴没有理她。

"我是认真的！"田甜的脸变得绯红。

"为什么？"

"因为我喜欢你啊！笨蛋……"

田甜害羞的样子忽然让我的心变得十分柔软，我抬起手，摸摸她的头发，没有说话。

田甜盯着我的眼睛说："你在想什么？不会是觉得我很奇怪吧？"

"怎么会，有勇气主动表白的女生多可爱，"我说道，"我是在想，我连自己的未来都不清楚，该怎么样和你一起走下去呢？"

"我们一起考公务员啊！我们两个在一起，互相监督学习，肯定都能考上的！"田甜倒是胸有成竹。

说起来也是个不错的主意，我的确也是该振作一下了……我心里想着，点点头。

后来，我问过田甜，为什么会喜欢我。她很认真地说，因为培训班的学习太紧张了，班上的同学也给她带来了非比寻常的压力，只有和懒懒散散、漫不经心的我在一起的时候，她才会觉得真正放松下来。

在田甜的监督之下，我的确也是发奋了几天，可是一想到将来要做一个一眼可以看到退休生活的公务员，我好不容易提起的士气就会一泻千里。慢慢地，我也不再挣扎纠结，混过一天的课程就好，更何况身边有了女朋友，无聊的课程也不是那么枯燥了。反而是田甜，劳逸结合，意气风发，进步神速。

很快，迎来国考，我毫不意外地落榜，而田甜却因为一分的差距与面试失之交臂。稍稍平静下来，田甜决定继续备战省考，而我却真的不想再继续了。她的懊恼，我的安慰，是那段日子的主要内容。所以，对我的决定她也没有太多的意见。

田甜报名参加了另一个培训班开始了新的征程，我也不能再晃着了，拒绝了家里人安排的工作，去一间酒吧应聘酒保。万没想到的是，居然成功了。

我喜欢这份工作，每天会见到不同的人，并且并不需要与他们有太深入的交往。吧台前来来去去的人们就好像行走在电影幕布上。酒吧打烊，电影散场，第二天继续，永远不会重复，多有意思。

田甜对于我这份工作颇有微辞。不过，当她上一天课累到不行，我给她讲酒吧里形形色色的客人的时候，她又觉得趣味十足。

“你会不会觉得，将来的女公务员跟一个酒保在一起，有点不妥？”我曾经这样问过她。

“至少现在跟你在一起我觉得很开心啊，”田甜回应我，“你没有变，跟我们刚刚认识的时候一样，跟你在一起，我还是会放松下来。这种感觉对我来说很珍贵。”

时间过得很快，田甜省考以及再次到来的国考均告失败，她几乎都要崩溃了。我劝她放弃，可是无济于事。我们之间渐渐有一些争吵，而我却没有太在意。我觉得我还和以前一样，没有什么改变，可以让她感到轻松，这对那时候的她来说应该弥足珍贵。

可是田甜对我的态度却急转直下，她希望我辞掉酒保的差事，找一份“正经的”工作。我知道她压力很大，就开始变着法地给她讲酒吧里的故事，带她散心，请她去我工作的酒吧喝一杯……总之，我想让她知道，我还在这儿，那个散发着“放松魔力”的人，还在这里。

奥运年的省考临近，田甜说她想要闭关备战，我自然全力支持。因为奥运会，游客变得多起来，酒吧里的工作也需要我打起十二分的精神来应对。

田甜“闭关”，我一下子还有一些不适应。我好像已经习惯了变着花样讲故事，习惯了她在我身边慢慢放松下来。没有她，我似乎都不知道我该做些什么。

好在还有工作。有了大把时间，我开始试着调制各种各样的鸡尾酒。每一款试制出来，我都要尝一尝，有的清淡，有的浓烈，客人们也是各有所好。

我慢慢地开始喜欢调制烈酒。

“你是不是最近心里有什么事情？”一次打烊后，老板喝了一口我调的酒，问道。

“没有啊，怎么会这么问？”我漫不经心地擦着酒杯说。

“你调出来的酒又苦又烈。”老板说。

“大概这样比较刺激吧，”我说，“那种让人放松的酒，不温不火的，好像没什么意思。”

省考结束，田甜历经千辛万苦，终于成为一名梦寐以求的公务员。我跟老板请求，在我们的酒吧为她包场庆祝，老板大方地答应了，还说不必考虑费用，但求尽兴。

我迫不及待地将这个消息告诉她，电话接通，田甜却告诉我，她要和家人一起旅行庆祝，机票都已经订好。

“怎么都不和我商量一下？”我在电话里说，有些生气。

“哦，你工作也比较忙吧，”田甜说，“所以……”

“我觉得你考完了，终于可以放松一下了。所以我……”其实我想问她，是不是已经不喜欢那个能够让她放松的我了，终究还是没有说出口。

田甜的语气平淡，听不出任何情感起伏，她说："嗯，谢谢你这么长时间的照顾。说起来，我能通过考试，也有你的一份功劳呢。等我回来，再好好感谢你哈！"

"好，等你。"

这一等，就是将近两个月……最终等来的是一通分手电话。我不知道这两个月田甜经历了什么，也不知道我到底是哪里做错了。总之那个成天神经紧绷、一到我身边就无比放松的姑娘消失不见了。而且，连一句解释都没有。

是我真的不够上进吗？我调的酒客人们都说好呢。我也不算无趣吧，每天在酒吧里都会有一些奇奇怪怪的事情，我都能记下来还能讲得妙趣横生呢。这些都不重要了吗？

没有答案。恐怕永远也不会有了。

奥运会开始之前，老板在酒吧里摆了两台巨大的电视，还安装了一个投影仪，准备用来播放奥运赛事，增加人气。奥运期间，酒吧的生意也确实好得不像话，连晚上打烊的时间也一推再推。

忙一点也好，至少不用去想那些没有答案的问题。可是有一点，老板要求我这一段时间尽量不要调烈酒，就算有人点也推说没有。当然，这个要求我完全能够理解，安全第一。

每天看着人们三三两两地走进酒吧，喝上几杯，那轻松惬意的样子总是让我想起田甜。我觉得我的心就是专属于她的一座酒吧，以前她走进来，就像眼前的人们一样，总是轻松惬意的样子。可是现在，我这座酒吧，被废弃了，再也没有人愿意走进来了。

打发完眼前这些客人，我忍不住从吧台下面拿出伏特加、二锅头还有杜松子酒——统统都是烈酒。我凭着感觉一份一份地倒入调酒器。

“大概用不了一杯就会醉倒吧。”我心里想着，莫名地有一些期待。

把调好的酒倒入酒杯，一股猛烈的酒精气息冲上来。

很好很好，我心里默念着，再加两块冰块，一定会更爽吧。

看到晶莹剔透的液体反射着炫目的灯光，我总觉得还缺点儿什么。手边正好有一片去了皮的柠檬，我把柠檬片丢到杯子里。

“不知道是个什么味道。”我盯着杯子想。那片柠檬，好像一只海星啊……

没容我多想，一个声音打断了我。

“嘿，来一杯酒。”

说这句话的，是一个穿着衬衣打着领带的中年人，头发一丝不苟，与这酒吧气氛显得稍微有些格格不入。

“您想喝点什么？”说着，我把手里的酒杯放到了吧台后面。

“嗯，烈一点的。有什么推荐？”

“不好意思先生，奥运会期间，我们这里烈酒全部下架了。”我拿出职业的微笑面对他。

“我懂我懂，”中年人说道，“不过你看我这个样子，也不像会生事的人吧？”

“要不这样，我送您一杯酒，您跟大家一起看一会儿比赛，放松一下？”我只好转移话题。

“看比赛？还不够累吗？争来争去的到头来不还是都会失去吗？”

这样的人我见多了，来到酒吧喝上几杯就开始感慨人生。可是像这位先生，滴酒未沾就说出这么矫情的话还真是少见。更奇怪的是，我竟然有些认同。

我笑一笑，把我刚刚调好的那杯酒端出来，说：“这是我刚调好的一杯酒，还不知道是什么味道。您如果不介意，可以尝试一下。”

中年人展现出极大的兴趣，端起酒杯端详着问：“这酒叫什么名字？”

“嗯……”我沉吟片刻，“就叫孤独的海星吧。”

“哦？为什么叫这个名字？”

“您看，那片柠檬，多像一只海星啊。”

中年人显然十分满意，说：“这杯酒是我今天最大的安慰了。”

我点点头，做了一个请的手势。

他把杯子送到嘴边，轻抿一口，明显被冲了一下，五官挤到一起又慢慢舒展开，冲我点点头说：“好，我喜欢！”

“您喜欢就好，”我说，“算我送您的！”

“你知道吗？这是我十七年来第一次喝酒。”中年人慢慢呷着酒，明显是想要打开话匣子聊一聊。

“您戒酒的时间可真够长的。”坐在吧台的客人大多都会聊天，我已经习惯了。

“十七年前，我结婚。结婚那天喝惨了，媳妇儿不高兴，我就发誓戒酒，一直到今天！”中年男人顿了顿，接着说，“我今天离婚了。”

我倒了一杯杜松子酒，跟他碰了一下，说：“别难过，我也刚刚失恋。”

中年男人看看我，有点不相信，说：“咱们两个聊天，你随便应付就可以的，不用这么坦诚。”

“这杯酒，”我指着他手里的酒说，“这是给我自己调的。”

“感觉如何？”

“失恋的滋味比最苦的酒还要苦，但不够烈，不能把人一下子击倒，反而更难受。总之，一言难尽。”

“那就把所有的一言难尽，一饮而尽！”中年男人要与我碰杯。

“您慢点喝，”我劝道，“更何况十七年都没喝过酒了。”

“十七年了……”中年男人没有接我的话，自言自语道，“十七年我都没有像今天这么放松过。”

我拿酒杯跟他碰了一下，没有说话。

“小伙子，你知道吗？两个人在一起，最重要的是什么？就是两个人能够让对方觉得放松。这比什么都重要。”

我跟田甜在一起，我自己真的有轻松过吗？此刻的我忍不住想起了田甜——那个说我能让她放松下来的姑娘。

“你见过海星吗？”中年男人已经有一点醉意，没头没脑地问道。

“没有。”

“孤独的海星，这个酒，名字特别好。你知道吗？海星是可以无性繁殖的，它可以自己过一辈子。”

看着眼前欢闹地着看比赛的人们，喧嚣嘈杂，我忽然觉得胸口有点闷，不再想说话。

可中年男人还在絮絮叨叨地说着……

“我明天要去海边，长岛。你去过吗？我十七年都没有去过了，我老婆，不，我前妻，对海鲜过敏，所以结了婚再也没有去过……

“可是我十岁的时候第一次去，就在那儿捡到了一只海星……”

“再给我一杯酒！”中年男人把空杯子递给我，他已经醉了。

我倒了一点杜松子酒给他。

他喝了一口，继续说：“活着太累了，一点都不轻松。可是看看那些海星我就觉得心情很好……”

“高考落榜，我去了；第一次创业失败，我去了……可是结婚以后，无论有什么事情，我都没有再去过……那些海星大概早已经把我忘了吧……”

我喝着酒，听着这个老男人的醉话，满脑子都是田甜。也许她也早已经把我忘了吧。

大概是中国队又有什么比赛获胜了，看电视的人们爆发出一阵阵欢呼。外面隐隐传来放鞭炮的声音。

中年男人好像被吵得清醒了一点，摇晃着身子站起来对我说：“谢谢你提醒我，明天我就去看海星……你记着，所有的一言难尽都可以一饮而尽，可是你要有让自己放松的办法，无论是一个地方还是一个人。”

说完，两个杯子碰到一起，清脆的声音好像是水滴落入湖面。

03 喜欢，是一个人的事

我的大学室友大头，属于上到八十下到八岁都不放过的那一种，所以他看起来和谁都有那么一点意思。

大头喜欢夸张地搞笑，在那帮浅薄女生当中很有市场。

大头和哪个女生都谈得来，经常见他被一群美女丑女围着，咋咋呼呼地一阵哄笑，没个正形儿。

所谓谈得来，意思是大头说话有人听，而不是通常概念上你一句我一句说个不停。

至于为什么有人听，经过我观察，是因为大头比较会吸引别人的注意力。吸引别人注意力的方法是，手中持一“异物”，比如一张新专辑、一本书或是虫虫草草之类，然后一声叫喊，别人自然会看他，然后看到他手中的东西，大头便开始胡诌手上的东西。

手中“异物”其实并不“异”，只是个话头而已。有时候他手上的一束野花说不定是在公厕旁边的花坛里偷的呢。

大头对所有女生的称呼都是“美女”，虚荣的女生们也常常轻易就上当。

但是，这个词绝对不是建立在大头的审美基础之上的，只要不是雄性动物，在大头嘴里都有可能成为“美女”。

按理说大头拥有诸多“绝世必杀技”，他身边应该是佳丽环列、美女如云。

但是，从我认识他以来，他一直就是快乐的单身汉、晾着的黄花菜、砍掉枝的小树苗——光棍一条。

我也问过大头，问他为什么不在众多“美女”中挑一个。他的第一回答是，我是为了更多女生着想啊，我身边空着，表明她们谁都有机会，但是我要是专一地喜欢一个，那其他的不得伤心绝望自杀而死啊？——我多善良！

而他在只有我们两个人时的回答是：“还没有一个让我有感觉的人。我的印象中总好像有一个轮廓，但是我所认识的人都无法与这个轮廓相配。我喜欢的人还没有出现。”

于是大头一直孤单。

此后我们“猎艳”时不再是打打闹闹给对方拆台，而是改成了下面的对白——

一个美女出现。

我说：“拿你那模子出来比比，看合适不？”

大头说：“不行。”

“将就吧。”

“白送给你。美女就是用来看的——也就看看还行。”

我们的对话一般如此。然后就是大头依旧和一帮难辨真假的美女们搞笑聊天，我继续为了那个我暗恋的女孩还有我那虚无缥缈遥不可及的人生意义伤脑筋。

突然有一天，大头双颊红霞不断地跑来对我说：“有了有了！”

我不解其意故意逗他：“有什么了？你怀上了？我给你买包话梅吧？呵呵……”

大头瞪我一眼，继而又笑着说：“你去死吧，我是说我喜欢的人，出现了。”

“有能和你那模子相配的了？”

“没错。”

“别着急。慢慢说，怎么回事儿？”

事情的经过是这样的：大头到阶梯教室上大课，踏进教室，看见两个女生坐在一起聊天，大头便凑上去夸张地打招呼：“嗨——你好。”

两个女生其中之一不说话，伸出一只手挥来挥去做回应。

另外一个女生对她说：“你干吗？我还以为你要和他牵手呢。”

大头一听，便说：“嗯，就是。”然后把手伸过去。那女孩也不客气，握住了大头的手。

在另一个女生暧昧的笑声中大头得意地笑笑，抽出手，离去。

之后和阿Q捏完小尼姑的脸以后的感觉差不多，那个女孩的影子在大头脑海中挥之不去，然后……

大头一边说一边幸福地笑着摩挲与女孩握过的手。

我忍不住说："老搓你那爪子干吗？"

大头笑说："这哪叫搓，明明是抚摸嘛。记得学过的一篇课文说一工人和周总理握手的感觉吗？——一股巨大的幸福的暖流传遍全身——和我一样。"

"哎……"大头幸福地长叹一声，"我算是明白一些傻歌迷们和自己的偶像握完手以后几天不洗手是为什么了。"

"你干脆把那蹄子剁下来冻上，再裹一层保鲜膜。多好。"

"去死！说正经的，她怎么样？"大头抬手指去。

"完了，一朵那什么插那什么上了，一位纯情少女落入魔爪了。"

大头没有理我，视线顺着他自己的手没有再转移。目光中柔情一片。

他指的那女孩还算可以，与奶糖重名，唤作佳佳。

从此以后大头不再与女生们嬉戏，而像是有了种种戒条的和尚。

大头也立下了一个宏大的志愿：要做一个好男人！

在大头眼里，好男人应当无所不能，以便在危急时刻能够英雄救美。

但在这太平盛世，我们一介学子能有什么危急时刻，最让人头疼的莫过于自行车坏了。

当大头认识到这一点时，我就倒霉了。

我的车子成了大头的试验品，经常被大头搞坏，但被他搞好的时候却不多，害我不得不自掏腰包修好车子。

被大头搞好的几次有必要说一下：大头拔掉我车子的气门芯，想用自带的橡胶管修好，但搞来搞去搞不好，结果大头只好从别人的车子上拔下一个安在我车子上了事，从而使我顺利赶上上课。

爱情的力量可以成就一个人，也可以摧毁一个人。大头和我便是铁的证明。大头在发现他的爱情之前还是个懵懵懂懂的小混混，每天无所事事，抱怨无聊，但在发现爱情之后，面目为之一新，积极向上，一不留神你还以为他是一个等着建设社会主义的接班人呢。

而我，发现爱情之后却是消极向下，不知为什么。大头是被爱情托着，轻松前行；而我是被爱情压着，艰难前行。

大头见到我听说的话也改了。不再是“我今天发现了一个美女”之类，而是“今天她看了我一眼”“我和她说了五句话”“她冲我笑了”等等诸如此类与佳佳紧密相连的内容。

都说坠入情网的小男孩傻得可爱。我算是见到了。

本来佳佳的名字是两个“佳”字，大家都这么叫，可大头却强制我对她的称谓改成姓氏加一个“佳”字以示距离，而佳佳这么亲热的叫法应该只属于他一个人。

看大头如此神魂颠倒，我忍不住问他：“佳佳知道你喜欢她吗？”

“什么知道不知道？我和她握过手的。”大头一脸幸福。

“她不知道，你还不准备表白？”

“我和她握过手的！”

“握过手又怎么了？”

“不怎么，我们握过手的。”大头呵呵傻笑。

大头也太落后了，他还以为一旦有了“肌肤之亲”就得像古代那落水女子被男人拉了胳膊，脱险以后却剁掉胳膊以示清白一样，否则就是芳心暗许一见钟情了。

我继续对大头说：“你喜欢人家就得让人家知道嘛。”

“为什么？我喜欢她是我自己的事。”

“难道你不希望让她也喜欢你？”

“她要这么想当然好了。要是不这么想也没关系，我喜欢她就是了。再说了，不表白，我还可以有一份幻想，万一要是不成，不是连幻想也没有了？所以，只要我喜欢她就好。”

完了，这年头还真有柏拉图那么傻 × 的人。对此，我还真不好说什么。

大头在他那爱情理想国里流连忘返、不可自拔，每天陶醉于一个眼神、几句话、几个动作。

在他看来，这就够了。

别人看来也许好笑，而我总觉得心酸。大头不对佳佳表明喜欢她，总处在这种自我安慰、自我欺骗的状态之中，能好受吗？

也许是为了让大头回到现实，也许是一时兴起，更或许是两者兼而有之，我打算给大头提前过个愚人节。

我想办法把佳佳的课本找来，尽力模仿上面的字迹，设身处地以佳佳的口气写了一封给大头的信。然后托一个与佳佳关系不错的女生转交给大头。

大头拆信，惊讶，然后高兴，跳着叫着说要给我买糖吃，然后一溜烟地跑出去，又迅速回来，手里捧着几根棒棒糖，一边递给我一边说："吃喜糖了，吃喜糖了。"

我不禁担心起来，万一他知道这是一个玩笑怎么办？

就在我犹豫的时候，大头拉起我奔向文具店，买信纸。

还挑剔地说这个不漂亮那个太难看，我问他要那么好看干吗，他说要给最最重要的一个人写回信。

我一听吓坏了，不知该如何是好，几次都想以真相告之，但又开不了口。最后，我横下一条心，由他去吧。一切都由他自己承担也许会比较好。他若能理解我的良苦用心，那再好不过了。

结果不出所料，大头一败涂地。当他拿到真正的佳佳的回信的时候，我小心翼翼地看着他，只见他脸色渐渐变暗，很可以想象，他心里是怎样一个狂喜狂悲的过程。

然后，他只说了一句："谁他妈骗了我?！"

我不做声，拍了拍他的肩膀以示安慰。

此后，大头又变回原来的大头了。依旧是夸张的搞笑，依旧是众多难辨真假的"美女"当中的焦点。不再为了一个眼神而激动，也不再为了那简单的一次近乎玩笑的牵手而痴心妄想。

但是我永远忘不了大头拿到信的那天下午，我和大头在学校湖边的亭子里抽烟。

烟雾缭绕中，大头的眼里亮闪闪的，不知是不是泪。

他把佳佳的信一点一点撕碎，撕得粉碎，掏出打火机点上，然后从书包里掏出一个厚厚的日记本，一页一页撕下，放在火上，火苗跳动的背后是无法言喻的悲伤。

纸灰纷飞中我仿佛看到一段真挚的感情，还有一颗纯真的不掺任何杂质的心支离破碎，灰飞烟灭。

04　一盏灯的情感独白

最后坐在一节地铁车厢里，空空荡荡的，只有我一个人。我已记不清在这条路线上走了多少回，现在的时间是深夜十一点，也可能是十二点，我不知道。我将头埋在胸前，手无所适从。地铁在飞快地走，虚空中仿佛有人叫了我一声，我抬起头，看着车厢顶部的那盏灯，惨白的光幽幽散开，我盯得眼睛发疼，忽然白色的光变得模糊，在我眼中慢慢幻化成一张脸，笑靥如花，心中某个部分像被打湿，脸上也有了几滴水迹。

我被固定在车顶上，全身发着白光，不得不看着整个车厢。现在车厢中很空，只有一个人。我以前常能看到他。我所在的这节车厢是最后一节，不知道为什么，他总喜欢到这里。今天只有他一个人，以前我总能看到他带着一个女孩来坐车。一开始我以为那是他女朋友，然而我从来没看到过他们牵手或者互相依偎，两个人总在聊天，聊一本书、一张唱片，甚至聊天气。可今天只有他一个人。这么晚了，他似乎没有下车的意思。看样子他很伤心，总埋着头，可手不知道放在哪里。忽然他抬头看着我。而我怕晃得他眼睛疼，便把光移到另一边。就在我转身的瞬间，我发现他眼中亮晶晶的，我知道，人们管那叫作眼泪。

这是一个恋爱的季节，孤独的人是可耻的……孤独的人是可耻的。我常常感到心里就像身边一样空，书的刻板与摇滚的暴躁永远无法带给我一个女孩的温柔。

我永远记得我把写了两个晚上的信交到她手上时她眼中的惊奇与我心中的忐忑。之后我极度后悔自己怀着忐忑的心情去做这件事。可我知道就算我心平气和地去送信，之后心也会悬在半空落不下——她给我的答案模棱两可。我不知道该怎么办。随后，我的心情、我的世界，我的一切都变得模糊起来。

那是一种什么样的感觉？人生这条路（我不得不用这个烂比喻）到了泥泞不堪而且浓雾弥漫的一段，越来越清晰的现实露出锋利的一面，许多梦想一一被刺穿。慢慢长大，经过希望，经过失望，经过反抗，经过被血覆盖的现实，我变得什么都不相信，我只相信爱。在这个我眼中荒凉而空旷的世界里，只有爱能增添一些色彩，只有爱能够填满眼前和信中那一片空白。我只相信爱。我的心中什么都没有，只有原始的爱的欲望，简单而疯狂。

他已经有很长时间没有躺在我的怀抱中睡觉了。他总是坐在桌前睁着眼等待第二天的到来。晚上他有时在桌前写东西，有时在我的周围走来走去，表情难以捉摸。不过总是不太高兴。他的样子很像人们说的一个词语：等待。他时而平静，时而暴躁，变得和以往一点也不一样。那天我和桌子聊天时才知道，他喜欢上了一个女孩，晚上在写情书。然而大部分时间总是写了就撕掉，很少有送出去的。桌子还和我说，那个女孩的心思主人似乎不知道，主人总在等待，很不好过。桌子还尝到过主人的眼泪，那时他看完一封信后一边撕一边不知不觉就掉下泪来，落到桌面上。桌子说，那是苦的。此后我看到我的主人总是很替他难过，也许是我不明白人类的心理，然而是什么让他如此痛苦还仍要坚持下去？

我现在好像是完全在依靠我的热情在坚持。所有的难过我都不和她说，只想让她高兴、开心，我自己怎样都无所谓。我坚定不移地相信着爱。某些时候我真他妈不知道我这是对她执着还是对爱执着。

偶尔在一起的时候，我会十分开心。但她却认为这不过是好朋友间很正常的事情罢了。我的分量或者说我的位置只是“好朋友”。好朋友，哼哼，什么时候才能把“好”字的右半边去掉?

我们去书店，去广场，去唱片店，去 KFC。这个城市中有许多地方都留下了我们两人的足迹和我不知是美好还是苦涩的记忆。

我已经记不清我对她说过多少次“我们在一起吧”，也记不清被她拒绝过多少次。所有的伤口都可以愈合，但伤痕依然在。与之相伴的还有那烂熟于心的场景：傍晚黑蓝色的天空，刚刚亮起的昏黄的路灯，身边来来往往面无表情的行人。还有冬天刺骨的风。还有一个背对着世界哭出了声的人。

两个冬天。两个夏天。两年过去了。

到了后来，我已经没有任何开心或者快乐。“我爱你”就像一个魔咒，我无法摆脱，不知道哪里是尽头。

时间里结局的味道愈加明显。我生日那天，我们去甜品店。我想和她一起过一个生日，然后告诉她说：“我一直在爱你。”然而现实的情况是，她对我说：“时间不早了，给你买个蛋糕做礼物我就回家了。”我坚持拒绝，然后若无其事地送她回家，一路上说说笑笑。一瞬间我觉得，心里难过，可脸上在笑是一件疲惫又愚蠢的事情。

送她回去之后，我一个人把我们曾去过的所有地方逛了一遍，重温那些或许美好或许苦涩的记忆，祭奠一样的追忆。然后自己一个人回到甜品店，找位子坐下，举起可乐对着对面的空位子说：“祝我生日快乐。”送到嘴边要喝的时候我闭上眼，心里默念：“我爱你。”那一刻，我听到水滴入水的声音。

可第二天我仍旧装作若无其事。我们一起回家，说说笑笑。爱成了我的习惯，难以更改。

漫长的假期。开学前一晚，我坐到桌前。

今晚主人又一夜无眠，听桌子说，他在写信。已经写好几页，表情严肃。信的开头是这样的：“整整一个暑假，我花去两个月的时间在想我们之间算是怎么一回事。我到底该怎么办。我只想要一份简单的小小的快乐，而不想每天难过痛苦、忐忑不安。我只想要一个明确的答案。只要一句话，简单一点，我复杂不起了。谢谢。”我和桌子都认为主人做得非常对。两年了，我们不知见到过他多少次锥心之痛。

不知道这一次结果是怎样的，但愿他能够放手或者坦然，别再挣扎，苦了自己又伤了对方。何必呢？

我把信交给她，如石沉大海。我只有若无其事，继续不知如何是好。周六下午放学，我们去了广场。走在熟悉的路上，往日情景一一浮现。可现在，已没有了以前两人被行人冲散时的小小惊慌与重新并排走到一起时的淡淡欣喜。我们穿过一个地下通道，就像穿过我当时的内心，四周人声嘈杂却像一个寂寂长廊。

结果在意料之中而在情感之外。广场上歌声忽隐忽现：我不得不存在，像一颗尘埃……

我们原路返回，经过地下通道。

每天不知道有多少人要穿过我，凡是有在一起的男生和女生走过，我都会让我的心被他们穿过，感受那阵阵温暖。我知道，那是人类爱情的温度。可是今天，有两个人穿过我的心，我却觉得非常寒冷。

一路上，我仍旧一副若无其事的样子送她回家，然后踩着单车不知去向哪里。游荡到了地铁站，我毫不犹豫地扔下车子，奔进地铁。

那个男孩儿又来了。怎么只有他一人？女孩呢？

拥挤的车厢里我被挤来挤去毫无知觉。不知走了多少个来回，身边的人到来又离开，最终车厢里只剩下我一个。身在其中，那巨大的空荡让我害怕。

这么晚了，他怎么还不走？他埋头坐着，手不知所措，看样子很伤心。忽然，他抬头看着我。我怕晃得他眼睛疼，想把身上的光转移到另一边。就在转身的瞬间，我看到他的眼中亮晶晶的。我知道，人们管那叫作眼泪。

我埋头坐在那里，手无所适从。冥冥中仿佛有人叫了我一声，我抬头盯着那盏灯，惨白的光幽幽散开，我盯得眼睛发疼。忽然白色的光变得模糊，在我眼中慢慢幻化成一张脸，笑靥如花。心中某个部分像被打湿，脸上也有了几滴水迹。

就在我转移视线的瞬间，看到窗外一块广告牌猛然出现，然后迅速消失。我心里想，什么时候，我也会如此消失。

05 过不去的过去

还记得人生中第一次喜欢一个人的感受吗?

不是每个相遇都会等到久别重逢。大概正是这些一个又一个擦身错过、天各一方，才让你成为现在的你。

敢不敢拂去岁月留下的厚厚灰尘，翻开记忆，给过去写一封信?

虽然不可能有让故事从头再来的机会，但偶尔回望，看看来时的路，才能知道未来的方向。

所以，我写下给过去的一封信，你，可以吗?

Hi：

我不记得我给你写过多少封信、多少纸条，但我清晰地记得，我从来没有用过这样的开头。印象最深刻的是当时我写给你的告白信。故作轻松，自称才子，将你视作我的佳人。你不知道的是，当时这封信我打草稿了，这是我这辈子到目前为止唯一一次写东西打草稿。其实我写了两封，一封是你收到的那封，还有一封是标准的情书，没有给你——缠绵悱恻、辞藻华美，标准的少男情怀。到现在这两封情书的草稿我依然留着，和高中时的日记放在一起。以前想起这些，我真的会满心感伤，而现在，就像看当时的日记一样，会忍不住笑起来。当然还会怀念，不过，怀念的不仅是你这个人了。

我花了两年多的时间去喜欢你，又花了一年多的时间去忘记你。我一度以为，在你之后，我已不能再爱别人，我失去了爱的能力。到现在我都不能像那时候一样，用尽全力，用尽全部热情去爱一个人。我的青春和你完全联系在一起。有时候我觉得不值，但更多时候我会感激。至少年轻的时候我那么用力爱过。

当我写下这些的时候，满脑子都是当时两年多的所有细节，如果让我复述，不如去看我为你写的那部小说。你看过的，还没写完的时候你就知道，我在写一部小说。现在我看那些字的时候，仍然会被自己感动。但我至今不能解释的是，我们之间算什么？别人都以为我们在一起，可是，我从来没有从你那里得到确定的信息。到最后，不是我不喜欢你了，而是我累了。我坚持不下去了。

其实那时候，在你面前我很自卑。十六七岁的男生，满脸青春痘，个子不高，样子不帅，学习不好，不会说话，不会穿衣服，不打篮球，我实在不知道我能拿什么吸引你的注意。

如果没有你，我不会变成现在的我。

那时候我写作文还好，但从没有想过这会是我的特长，是你说你看过什么书，我才去看，你说新概念作文写得好，我才试着去写那样的文字。但这从来不是喜欢一个女生的高中男生所通常做的，他们所会做的吸引女生的方式我一点也不擅长，只能像个小丑一样耍着自己并不算特别熟练的把戏去吸引你。短短的时间内，我写了很多小说，给你看。每当你低头看那些特别幼稚的东西时，我坐在离你不远的地方紧张得心都要跳出来，然后再若无其事地装出一副自负的样子。是你把我变成了现在的样子。

我一直那么深爱着你。我记得那个时候流行痞子蔡，我们知道他的《爱尔兰咖啡》出来的时候，是一个下雨天，我逃了下午的第一节数学课去书店，回来时被浇成落汤鸡，进教室的时候被数学老师当着全班同学的面质问，然后经过你旁边的时候，把一路塞在怀里的书给你。其实那就是专门买给你的，我却若无其事地说："你先看吧。"还记得高二有一段时间你喜欢 4 in love 这个组合，我就去买了她们的卡带，我给你的时候，你的表情我永远不能忘——好像我在打扰你。

抱歉，我说过不回忆细节，但是实在难以自制。那两年多的时间我一次又一次试图得到某种确定的信息，简直到了要发疯的地步。阿桂说我是一个早慧的孩子，但是我却不知道什么是爱。你说感动不是心动，我却不知道该怎么让你动心。那时候我爱你，简直失去了应有的判断力。我说过，你笑，我的世界就是晴天，你沉默，我的世界就是阴云密布，你难过，我的心里就是大雨倾盆。这一点都不夸张，那时候我是那么在乎你，爱得那么用力，那么单纯，也不知道自己想要什么。其实到后来，我的放弃也并不是不爱你，而是我在怀疑，我到底是在对爱你执着还是对爱执着，到最后我发觉也许我给你造成了困扰，我才使劲压抑自己，不去找你，不去和你说话，努力忘掉一切。

当然现在，我已坦然。年少的时候不曾被伤害，就永远无法长大。是你让我懂得去思考什么是爱，懂得去在乎别人的感受。谢谢你。

不知道你还记不记得，高三毕业的时候，正好我生日，你给我送了礼物，你不知道我有多高兴。报志愿之前，我还给你打过一个电话，也许你已经忘了。我仍然抱着一丝幻想，希望能够和你在一起。后来我们又见面，在你面前我却觉得拘束，觉得不安，也许那种自以为是的幸福让我无法接受，因为将近一年我都没有对你做过什么。我以为就那么结束了。现在想想，那时候的自己，不会爱别人，也不会接受别人的爱。

你知道，我是一个爱回忆的人，总是沉浸在过去的单纯美好之中不愿自拔。你总是被频繁地想起，这不是对现在的不忠，而是我自己的一种病。对于回忆，总有一些细节成为代表，有一些场景成为永恒，甚至会有颜色、有天气。最后化作一种感觉。高中前两年的记忆，就是阴天的初冬，我在你家楼下等你。那隐在云层之后有气无力的太阳，偶尔飞驰的汽车带起的片片枯叶，还有一阵又一阵的寒风都在我心中无法磨灭。那时的我一点都不快乐。我爱你，但是我没有记住一点快乐。

我说不清我现在的感觉。早已远去的事情有时候会非常清晰地浮现，云淡风轻的青春我却纠缠在爱与不爱、感动与挣扎之间。这么多年过去，我早已释怀，甚至还要谢谢那时候的你还有傻乎乎的自己，我现在看待世界的方式与那时候的我们有着千丝万缕的联系。说实话，从那之后我就不再相信爱情这个东西，我觉得人一生就那么一点爱情，我在你身上全部用完了。在你之后我再也没有对追求别的姑娘提起过兴趣，那样的热情已经全部耗尽。我不敢确定这是青春逝去的后遗症还是你留给我的所有烙印。但一步步走来，那段时间，是一个起点。

我早说过，这不过是放纵一次记忆，然后埋头生活。在这里我丝毫没有责怪的意思。爱一个人没有错，拒绝一个人也没有错，每个人都有追求幸福的权利。有一段时间我甚至天真地想，也许我们只是相遇的时间地点不对。可是如果时间重来，我也许会选择和你做好朋友，然后进入同一所大学，也许所有故事都会被改写。

我知道有时候爱也是一种伤害，思念也是一种负担；我知道女生的心思很难猜；我知道每一个女生都有属于自己的一点小小的骄傲；我知道拒绝人的方式有很多种。甚至后来不管遇到任何事情，只要我得到的不是百分百精确的肯定和接受，我都会以为那是在否定或者拒绝。我变成了一个容易悲观的人，总是看到事情不好的一面。这让他们觉得我不够积极，想得太多。只有我自己知道，那些不能入睡的夜晚，我是如何在你说的简单的一些话语当中寻找希望的。

我不愿再回忆自己当时的状态，那非常不好。说了这么多，我也不知道我在说什么。我要谢谢你，爱你恨你，不用问君知否，都是我自己的事情。爱你的时候，我开始在意“命运”“人生”这样的词语。也许是少不更事的无病呻吟，但现在想来，那时的胡思乱想也不能完全否定。我注定无法忘记，只能坦然地面对，面对你。其实我一直在等待一个合适的机会，了却一桩心愿，真的，我只想问明白，当时的你，有没有喜欢过当时的我？这无关现在。我只想对那两年多的时间有一个交代。

我想说的其实还有很多，可是我真的不知道从何说起。我要说的，只有一个意思，那就是谢谢你。再有其他，那不过是我自己内心的一点波澜，波澜不惊。过去就过去了。

我仍然记得，那时候和你出去，问你去哪儿，你总说：“不知道，先往前走吧。”我们大家都往前走吧，但愿每个人都知道自己想去往什么地方。

后记

纵然记忆抹不去

我在整理这些故事准备出版的时候，牛逼的朴树时隔十四年之后发表了新专辑《猎户星座》。

主打歌《清白之年》让我彻夜单曲循环，听得热泪盈眶。

他在歌里唱道：“心里像有一些话，我们先不讲，等待着那将要盛装出场的未来。”

他还唱“我想回头望，把故事从头讲”，可是“时光迟暮不返，人生已不再来”。

字句简单，明白如话，然而不知有多少颗心就此被一击即中，记忆决堤。

这让我想起从前，记忆中有许多这种被一击而中的时刻，听到一首歌，看到一本书，或者，遇到一个人。

人的记忆是很奇怪的，对不对？明明是平淡无奇的日子，却因为一点小小的感受而在心里留下印记。

不是我爱回忆，是因为成长太美丽。不知道你想过没有，假如没有记忆，那还有什么能够证明我们曾经爱过，笑过，哭过，伤过——活过？

然而时光奔腾如流水，谁停止，谁就会消失在时间之海。所以即便我们恋恋不舍步步回头，也必须向前走。

我知道，大家都在兴高采烈地奔向自己的美好未来，甚至要快过时间，快到来不及感受，来不及记取，来不及回味。

不过没关系，我不想走那么快。所以，才有了你们看到的这些故事。

如今，我是一个写故事的手艺人。写剧本，写小说，如果没有故事，我的生活也将无法继续。

无论情节平淡或离奇，生活一直在流动，只有被叙述出来，故事才能诞生。这正是生活迷人、令我欲罢不能的秘密。

喜怒忧思悲恐惊，每一件事都会引起一种情绪，每一种情绪都曾出现在你的心里。

我想通过一个又一个故事，去捕捉那些悄然来去的情绪，无论虚构还是纪实，都让读到我的故事的你，被打动。然而，用最简单的短篇故事打动你的梦想，我从未放弃。

这些故事里面，我似乎一直在叙述“孤独”这一件事。这些故事的主人公面对着你我都能感同身受的“孤独”，有人在享受，有人在抗拒，有人在逃避，就像生活中的你、我，还有他。我相信，这些故事总会遇见它能够打动的那个人。

这本书里面的故事，写作跨度巨大，最早的一篇，写于我的高中课堂上，距今已经十几年了。如今几乎已经无法复原当时的心情了，还好有这些文字，记录了那个时候的我想要说些什么；记下了一些感伤，也记下了一些温情，记下了一些梦想，也记下了另一些梦想破碎的声音。

只是那时候认为无比重要的人和事如今都成为前尘往事，那时候常常觉得还没有展开的人生画卷如今已经向我展现了生活本身既狰狞又温情的真面目。你我都一样的是，我们都有了个当初谁也不曾料想的以后。

细心的你也许会发现，有好几篇故事都是回忆的结构和笔调，没错，这些都是近年来的作品。我们还没有老到足以谈论未来，但怀故念旧却成为证明那颗心还能够被一击即中的理由。

如果这本书没有让你不忍卒读、一直读到这里的话，我要说一声：谢谢你陌生人，给了我们彼此一个翻开记忆的机会。

马赛尔·普鲁斯特说，每个读者只能读到已然存在于他内心的东西。书籍只不过是一种光学仪器，帮助读者发现自己的内心。

如果这本书能够让你回想起自己的曾经，那我想我就心怀感激了，甚至都不敢奢望书里面的某个人、某个细节、某句话在你的记忆中留下痕迹。

这本书一定会在你的生活中迅速消失，不过没关系，只愿你一个人披上铠甲跳进人海时，永远别忘了，那些过去的柔软和让现在的你会心一笑的瞬间。万水千山只当作是伏笔，最后的结局一定无比美丽。

纵然记忆抹不去，爱与恨都还在心里。但是关于往事，其实没有恨，你说对吗?

所以，让我们用爱来抵御光阴凛冽吧。

图书在版编目（CIP）数据

谁的孤独，穿越人海 / 孙达著. -- 北京 ：北京日报出版社，2018.10
ISBN 978-7-5477-3007-2

Ⅰ. ①谁… Ⅱ. ①孙… Ⅲ. ①短篇小说－小说集－中国－当代 Ⅳ. ①I247.7

中国版本图书馆CIP数据核字(2018)第133454号

谁的孤独，穿越人海

出版发行：北京日报出版社
地　　址：北京市东城区东单三条8-16号东方广场东配楼四层
邮　　编：100005
电　　话：发行部：（010）65255876
　　　　　总编室：（010）65252135
印　　刷：北京宝昌彩色印刷有限公司
经　　销：各地新华书店
版　　次：2018 年 10 月第 1 版
　　　　　2018 年 10 月第 1 次印刷
开　　本：880 毫米×1230 毫米　1/32
印　　张：8.25
字　　数：150 千字
定　　价：36.00 元